李惠娟——著

初雪

海上花

目次

#【楊海葳推薦序】

臺灣知名作家李惠娟，擁有許多膾炙人口的影視劇作，但當年她是以小說家的身份跨入文壇、一鳴驚人。

《海上花：初雪》這部好看的懸疑小說，是惠娟姐的回歸初心之作，字裡行間依然神采飛揚、氣韻生動！

忝為惠娟姐的好友，我有幸成為《海上花：初雪》的第一個讀者。惠娟姐每寫完一個段落就寄給我，我總是迫不及待飛快地看完，非但意猶未盡，而且好奇心逐步被勾起；越是接近謎底揭曉的最終章，越是心急得不得了！

在這段有趣的過程中，我也對惠娟姐豐富的想像力，和小說迷人的筆調，感到十分佩服。初雪的故事，就像深秋乍寒的季節，滄桑後仍珍藏著純真，寒意中仍隱現出淒美，令人唏噓不已，感慨縈懷。

楊海葳學經歷

學歷：政大教育系、中山女高、靜心中小學

劇作：《犀利人妻》、《孝莊秘史》、《蒼穹之昂》……等。

榮譽：專輯《說起我們的愛情》榮獲民國77年金鼎獎優良唱片獎、與劉德凱以中視《金鐘劇展——老伴兒》共同榮獲1999年第34屆金鐘獎最佳戲劇編劇獎。

【陳溫涼推薦序】亦師亦友的惠娟

我在華視編劇班結識了惠娟這位好朋友，真的萬分的慶幸。她聰明、善良、勤讀、勤寫。班上五十多位同學，就屬她文筆最好。那時她三十歲不到，已經有許多佳作見報。

編劇班的老師說得好：「要寫得好劇本、好小說，一定要多閱讀，多作筆記，看好電影，勤於寫觀後感。」又說：「好的作品源於『主博涉而不局於一隅，思不積不至，辭不習不成，廣習而約取，審思而後出』」。

惠娟受此指點，很快的進入狀況。各大電視台開始演出她的作品，我們笑稱她：「能在先生市場上的小方桌，寫此佳作，不是『天才兒童』是什麼？」

惠娟本來是寫小說，編劇班結訓後，改寫劇本。最近她又回過頭來寫小說。本書《海上花：初雪》最能反映人生、反映真愛，欣賞的人必有所獲。

我常常以她為師，更知良師益友的重要。做為讀者的你，也要學她廣讀好書，有個亮麗多彩的人生。

陳溫涼學經歷

學歷：中國文化大學哲學系　畢業

經歷：中國文化大學哲學系　助教

榮譽：一、教育部國家文藝獎散文類第二名

二、炬光徵文比賽第一名

三、婦工會母親節徵文第三名

四、七星山之旅散文第二名

五、陳果夫獎學金得獎人

六、著有《寸寸慈暉、寸寸心》散文集

與先生謝成助畫作展出

一、長庚養生文化村夫妻聯展

二、苗栗苗北館展出

三、江子翠捷運站展出

在人生的旅途中，能因緣際會，獲得一位知己，真是三生有幸。溫涼四十幾歲參加華視編劇班，遇到了惠娟，兩人特別投緣，而成為莫逆之交。記得溫涼五十多歲時，因為更年期緣故不幸轉變為很嚴重的憂鬱症，睡不著，精神恍惚，吃不下，身體暴瘦，整個人變了樣。惠娟來看她時，紅著眼眶，難過得說不出話來，她耳語告訴我，「我要每天送花來，送到溫涼病好」。這樣一大束一大束美麗的鮮花，一送送了好多天，我再三懇求不要再送。那段溫涼一生中最黯淡的日子，她真誠關懷的友誼讓我身為溫涼的先生感動落淚。

後來溫涼很幸運遇到貴人「吳東庭」醫師用「電痙攣療法」使她恢復了健康。溫涼重新出發，陶醉於藝術。我們夫妻跟一位國寶級畫家廖末林習畫，經過大師的指導，進步神速。不久長庚養身文化村為我們夫妻舉辦三次畫展，還有公共電視也採訪我們在養生村的生活，拍了一部影片《魔法學校》。在畫展過程中，惠娟每週都送一束束色彩豔麗的花朵來給溫涼慶賀，令人感動。

惠娟是一位天才型編劇家，她腦海有著說不盡的故事。最近幾年來，台視八點檔連續劇例如《艋舺的女人》、電影《大囍臨門》都是她的代表作。溫涼與我每次都招待一群至親好友粉絲為她慶功，她們兩人的友誼、緣分之深，好令人羨慕，您說是不是？

最近她又推出新作《海上花：初雪》，描繪一對戀人的懸疑愛情故事，絲絲入扣，感人肺腑，一定會讓讀者喜愛，預祝她登榜成功，名列榜首！

謝成助學經歷

學歷：中國醫藥大學藥學系　畢業

經歷：加大窯業有限公司　董事長

榮譽：1.全國發明展金頭腦獎

2.國際發明展金牌獎

3.擁有美國、德國、英國、日本、台灣、中國大陸等多國專利

第一章　～～情奔～～

天，突然飄起了微雪。

初雪心中懊惱，自與易如風相識以來，彷彿天就未曾放晴過，初雪不禁哀嘆。「初雪啊初雪，妳怎麼每到緊要關頭就遇到下雪啊！」

話說初雪出生的那天，蘇州降下了一場暴雪，這場雪斷斷續續的下了有一個月，初雪父親抱著剛滿月的小初雪，忍不住叨唸著

「什麼時候才不下雪啊，快點停雪吧！」說也奇怪，當初雪父親這麼叨唸的時候，雪也真停了，於是這才有了初雪這個名字。想起最愛的父母，初雪很不捨，她耳邊先是響起了父母嚴厲的反對聲。

「這個易如風究竟是什麼樣的來歷？又是什麼樣的人品，我們什麼都不知道，怎麼可能能讓妳嫁給這樣的人？我不答應！」

「爹！」

另一方，易如風鐵錚錚的對她許下生死承諾。

「初雪，相信我，我易如風就算付出生命的全部，哪怕是用盡一生的時間，我都會陪在妳身邊，照顧妳、愛惜妳。」

初雪相信了。

不只相信，她還做出大膽的決定，趁著天未亮、父母還熟睡，她整理好行囊，叩別了父母，準備來個先斬後奏，搭上了火車，一路往上海的方向奔去。

上海，這個十裡洋場，花花世界，這是初雪從來沒來過也沒想過的地方。

一出了火車站，初雪提著一隻竹箱，望著熙來攘往的大城市，她充滿了驚奇，更多的是新鮮和誘惑。

她經過一家西式婚紗店，從櫥窗外，看到裡面掛著一套典雅的西式婚紗，配上一雙銀紅色的高跟鞋，她十分驚喜，這正是她所想要的婚紗，不管多少價錢，她一定要穿上它們，出現在易如風面前，舉行屬於他們的婚禮。

雖然這一套婚紗和高跟鞋貴氣逼人，也花掉她帶來所有的銀票，但，能穿上婚紗，走向愛人的身邊，這是所有女孩的夢想，這種幸福一輩子只有一次，就算傾其所有，一切都值得的。

初雪望著鏡中的自己，她不敢相信幸福竟然可以這麼簡單，也來的這麼快？

老闆娘邊為她整裝，邊讚許她：「這套婚紗很少人能撐住它的氣勢和典雅，妳卻駕馭它了，真美。」

「是嗎？承妳金口，謝謝。」初雪雖然明白這是做生意慣用的阿諛奉承，但真心領受了。

「對了，妳一個人來嗎？妳家人呢？還是妳愛人會來接妳？我怎麼沒瞧見有人來陪妳？那誰來幫妳別頭紗？」

面對老闆娘的疑惑，初雪眼神閃過一絲難受，老闆娘驚覺說錯話，忙尷尬轉話：「對不起！我沒別的意思，我……」

不待老闆娘說完，初雪懇求她：「您能幫我別頭紗嗎？我現在真的很需要妳的祝福？」

「行！」老闆娘讓她坐正，為她別上頭紗，這讓初雪感動，流下喜悅的淚水。

老闆娘並送她到門口，叮囑她：「妳一定要幸福，一定要幸福！」

「會的，我一定會幸福的，謝謝妳。」

帶著老闆娘的祝福，懷著一顆待嫁女兒心的喜悅，初雪踏著幸福的腳步，準備走向易如風的身邊，把自己的一生交給他，陪他一起走向生命的盡頭。

正當初雪沉溺在甜蜜的喜悅時，卻沒想到，過度幸福是會遭嫉的。

第二章　～～迷霧～～

初雪穿著婚紗，不顧街頭人所有的眼光和議論，大喇喇的踩著高跟鞋走在上海的街道上，也許不曾穿過高跟鞋，還差點崴了腳出了個糗。

當她正準備攔輛黃包車，誰知迎面突然跑出一個人撞了她一下，初雪下意識的想抱緊原本提在手上的竹箱子，誰知那人手持的那把刀，竟然就這樣活生生的刺進竹箱。

初雪怔了一下，還沒回過神來，沒想到那人搶走她手上的竹箱子，拔腿就跑。

等初雪回過神來，赫然發現她所有帶來的銀票和家當全被搶走，她又驚又急……

「站住！別跑！你這個賊，還我的箱子來！」

那人跑進人潮內，初雪由後追，眼看那賊就要給逃走，正好她腳一扭，高跟鞋差點斷掉。

就在不遠處，一輛黃包車上，壓低帽簷的人力車伕正展開手上捏緊的一張畫像，赫然是初雪。

初雪氣不過，她靈機一動，抓起一隻高跟鞋就往那賊跑去的背後砸了過去。

誰知不偏不倚，高跟鞋正好砸中人力車伕，正是冷以烈，一個冷面粗獷的年輕男子。

初雪怔了一下，但根本顧不上，還是一拐一拐追了幾步，初雪不斷叫著：「站住！還我的箱子來！」初雪追了一陣，最後那賊消失在街道那頭，讓初雪扼腕。

誰知當她一轉身，卻嚇了她一大跳：「啊！」

原來面前是壓著帽簷的車伕冷以烈出其不意就站在她面前，以一種十分冷漠複雜難懂的眼神看著初雪，出示她剛剛砸到冷以烈頭的那隻高跟鞋。

「給！」

初雪有點難堪、尷尬，忙接回那隻高跟鞋穿上：「我追賊嘛，誰知道不小心砸中你……對不起。」

初雪轉身準備落荒而逃，但一想到什麼，急，忙又打住，轉身跳上冷以烈的黃包車：「麻煩你載我到山上的教堂，快，我來不及了。」

冷以烈眼神十分複雜的看著初雪，一時沒意會過來，初雪忙催促他：「快啊！快拉啊！」

冷以烈還是一動也不動，初雪一下子恍悟過來，以為冷以烈擔心她被賊搶走所有的身家，情急把右邊的耳環取下，交到他手上。

「你是擔心我沒錢是吧？給！我這是金子打造的，這是前金，等到了教堂，我再把另外的那一隻金耳環給你，我說話算話的，快走啊！」

冷以烈嘆了口氣，上前一把拉起黃包車，就往山上方向走，初雪並不知道，她的人生即將踏上不可知的命運。

黃包車拉到美麗的樹林來，這一路上，少了一隻金耳環的初雪，她是一副充滿期待和希望的心情、一心只想見到易如風，完全沒發現背著她拉車的冷以烈，竟然是帶著冷漠疑惑又複雜的表情一直盯著她。

這時，天空飄起了淡淡的初雪……

初雪仰天一看，驚喜，忙大叫：「停車！」

冷以烈錯愕，緊急打住，還來不及反應，只見初雪已跳下車，脫下高跟鞋，打著赤腳，兩手各提著一隻高跟鞋，像樹林中的精靈，開心的仰天笑著。

「下雪了！太好了，這一定是老天爺知道今天我結婚給的祝福……」

冷以烈看著初雪像個天真無邪的孩子一樣穿著婚紗在雪中笑著、跳著，看癡了過去。

眼看著雪愈下愈大，冷以烈回過神來，原先他不知何時展開的初雪畫像，和手上正由腰際抽出來的匕首，在看到這一幕，他決定收起來，並上前冷冷的催她。

「不是要趕著上山？走不走？」

初雪一醒，忙坐回黃包車上，邊訝異。

「原來你不是啞巴？打從剛剛到現在，總算聽到你開口，你知道嗎？我娘生我的時候，正是十月天，也是像現在這樣下起雪來呢！」

冷以烈仍是一副酷酷的說了聲：「走了！」

初雪再一想，自我解嘲：「咱又素不相識，我幹嘛跟你說這些，走吧。」

冷以烈匆匆趕路不再說話。

雪愈下愈大，整個世界沉浸在一片雪花之中……

山下，一輛黑頭車正往雪中的山路方向駛去。

車上，坐的是一身貴氣西式典雅婚紗的新娘映瑤，一旁坐的是她的陪嫁丫頭含青，含青皺眉埋怨著：「好端端的，怎麼十月天下起雪來？真是的……」

映瑤看著車窗外突然下起的雪，她是心亂如麻，這樁婚事和新郎是她向父母求來的，眼看著將要完婚，幸福就要垂手可得，但不知怎麼的，映瑤卻總覺得不踏實。

一旁的含青見狀，則緊緊的握住她的手安慰她。

「小姐，妳擔心新姑爺是吧？放心吧，今天的婚事一定順順當當的，哦？」

映瑤雖稍稍感到安慰，但想想，還是不安的反應。

車子一路往山路上駛去……

無邊無際的雪飄落下來，天地瞬間沉浸在白茫茫一片之中。

由於雪愈積愈深，加上又是上坡路段，冷以烈費力的拉著黃包車朝山上走。

坐在人力車上的初雪看到冷以烈這麼辛苦在載她，她有點於心不忍。

「欸！你還好吧？要不要歇會兒？」

誰知話剛落，輪軸壞了，車子陷在雪中動彈不得，初雪大叫不妙，緊張問冷以烈。

「師傅，這可怎麼辦？我還趕著上山結婚哪！」

「妳別吵行不行？」

冷以烈雖然表面冰冷，但其實他也想快點修好，把人送到山上的教堂。

眼看著一分一秒過去了，雪愈下愈大，初雪心急如焚：「師傅，我等著上山結婚呢！你能快一些麼？」

冷以烈瞥了她一眼，見她冷的直打哆嗦，心生不忍，忙把自己的外套脫下，不經過她究竟同不同意，就幫她披上。

「你？」

「妳先到前頭的亭子歇會兒，修好了我立馬叫上妳。」

初雪一聽，似乎也擔心婚紗讓大雪給淋溼，不得不只好冒雪奔向亭子去躲雪。

冷以烈邊修輪軸，邊望向亭子的初雪，他心情似乎十分複雜糾結。

就在這時，一輛汽車駛來，才越過冷以烈沒多久，車子就應聲打滑，差點翻車，然後就不動了。

坐在車內的丫頭含青不明究理，見車子打滑，開車師傅老周竟然緊急煞車，害新娘映瑤額頭撞到前面的椅座，她叱責。

「老周，你不要命了啊？今天可是咱小姐的大婚之日，你竟然讓小姐撞到頭，你？」

老周嚇壞了，還來不及解釋，映瑤說話了。

「含青，別大驚小怪！」還轉向老周：「老周，你快下去看看車子怎麼了？」

「是！小姐！」

老周下去看了一下，忙跟映瑤報告：「小姐，積雪太深，恐怕得上雪鍊，所以……」

「行！你忙先。」

含青見狀，忙叮囑老周：「老周，你手腳麻利點，別誤了小姐跟姑爺的大喜吉時。」邊轉扶映瑤：「小姐，前面有個亭子，我扶妳去避雪。」

含青扶映瑤一走，老周開啟後車廂，開始幫車輪掛起雪鍊。

在一旁的冷以烈，發現車軸心壞了，一時弄不好，又看到老周一個人弄了半天掛不好雪鍊，他想想，忙過來幫忙。

「讓我來！」

老周一見冷以烈，開心：「小夥子，謝謝你。」

兩個人開始掛起雪鍊，冷以烈的一雙眼神，還是十分複雜的看向亭子那頭的初雪。

在亭子內躲雪的初雪，看著愈下愈大的雪，懊惱之前還開心老天爺在結婚這天下雪，這下才開始擔心萬一上不了山上該怎麼辦？就在這時，一身新娘服的映瑤由含青陪著冒雪奔進涼亭，初雪一回頭，映瑤也同時看到，兩人十分訝異的看著對方。

「這位小姐，妳也是今天結婚？」映瑤好奇的問。

「看起來咱們真的很有緣份，竟然選擇同一天結婚，恭喜妳。」初雪真心的送上祝福。

「不，咱應該說，同喜！同喜！」映瑤笑看著她：「這位小姐，妳也是要到山上那間教堂去結婚的是吧？」

「小姐，妳也是？怎麼這麼巧！」初雪再一想：「山上的教堂有兩間嗎？」

映瑤搖搖頭：「也許吧！瞧妳長的這麼漂亮，我猜，妳的愛人應該是個十分優秀的人，哦？」

初雪害臊的點點頭：「這輩子能遇上這麼好的一個男人，這是老天爺給的福氣，我相信妳的愛人一定也是人中之龍，哦？」
含青不屑的看了初雪一眼，忙看映瑤，誰知映瑤一副少女懷春、羞紅著臉說。
「我的男人是這世上唯一僅有的一個好男人，最重要的是，我愛他，當妳愛上了他，還能有什麼理由，是吧？」
含青一聽，眼裡帶著複雜的表情，但，映瑤沒看到，初雪更不可能看到，兩個新娘互相給予對方祝福。
「妳說的沒錯，這位小姐，我希望沾沾妳的喜氣，同時，我也希望能沾沾妳的福氣。」
初雪笑著說。
「妳太客氣了，咱兩人會選在今時今日結婚，可見得咱的緣份不淺，我希望妳一定會得到幸福，哦！」
「會的，我們一定會幸福一輩子的。」
初雪和映瑤兩人各自問了對方的名字，含青在一旁，眼神十分複雜的看著她們兩個新娘，心裡有說不出的妒意，只是，初雪二人都沒發現。
好不容易老周掛好雪鍊，開車過來，含青一見車子來，忙上前催促映瑤：「小姐，車子來了，咱該上車了！」
老周忙轉向初雪：「這位小姐，剛剛那位黃包車師傅說了，他的車子軸心壞了，不能載妳，所以……」

映瑤轉身問初雪：「這位小姐，既然咱是到同一個教堂，要不這樣吧，妳跟我們一起上車？」

初雪還來不及說，含青立馬拒絕：「那怎麼行，小姐，這兩個新娘，喜沖喜是犯忌諱的，不成不成！」

「我差點忘了。」初雪忙取下自己別在髮際的一朵新娘的小紅花給映瑤：「小姐，咱倆交換新娘花，就可化解煞氣，行不？」

「我是不介意的，不過，咱今日相逢自是有緣，行！我聽妳的！」

映瑤把自己頭上的新娘花取下，兩人互相交換，各自別上，映瑤還是順道要送初雪一程，但初雪卻笑著拒絕。

「江映瑤小姐，謝謝妳，但我還是自己上路，哦！」

初雪不待映瑤回話，就邊揮手邊冒著大雪上路。

含青用一種難以解釋的眼神目送初雪消失在大雪中

初雪冒著大風雪，徒步穿著高跟鞋，吃力的一步一步往山上走，但天寒地凍，讓她幾乎快受不了，凍的直發疼，但一想到幸福是要靠自己努力去爭取，她就有了動力支撐她朝著幸福的山上走去。

就在不遠處，一雙腳步出現在山路的高處，是一個戴著威尼斯人面具、不知是男是女的人，正從高處往下看著。

在無人的山路，初雪在冷冽的雪中艱困的走著。

突然，頭頂上的積雪鋪天蓋地的崩落下來，初雪還來不及反應，眼前一黑，厥了過去，滾下山坡，最後讓大片的雪給埋了。

樹枝上勾著的是初雪戴過、還沾著血跡的白頭紗，在風雪中飄搖著⋯

就在高處，一雙腳步頓了一下，是那個戴著威尼斯人面具的人見達到目的，轉身，離去。

第三章　~~穿雲~~

冷以烈拉著黃包車回到上海火車站，他才剛停車，一見小刀走過來，他一包錢就丟還給小刀，小刀錯愕。

「冷哥，你這是？……」

冷以烈冷冷的看著他：「把錢退回去！」說完，他轉身要走，小刀一接過錢，不解的忙跟上。

「不是吧？冷哥，你沒把那個女的做掉？」

冷以烈回瞪小刀，小刀驚，忙住口。冷以烈走了幾步，一想，忙又看小刀。

「對方是誰？」

小刀搖搖頭：「不認識的人。」

冷以烈冷不防的兩支指頭鎖住小刀的喉頭：「你最好實話說！」

小刀驚，漲紅著臉邊嗆咳邊搖頭：「我……我真不知道，我發誓！」

冷以烈這才鬆開手，掉頭又走。小刀一見他走，忙把那包錢往上一拋，想私吞，放入兜裡。

誰知小刀被一隻手按在牆面，一把匕首往他刺了過來，小刀驚嚇大叫：「啊！……冷哥，不敢了，我真不敢了！還……我馬上把錢還上！」

冷以烈只是警告性的把匕首插在小刀的頭髮上，卻把小刀嚇得差點尿褲子。

冷以烈抽起匕首，一走，小刀拿著那包錢邊走邊埋怨。

「這冷哥也真是的，一向拿錢做事、十分痛快，這回竟然把白花花的銀子給推了，真可惜。」

冷以烈又回到他的黃包車上，不解的又展開那張初雪的畫像，當視線落到畫像中初雪的金耳環，突然他一醒，忙由口袋拿出初雪給他的那只金耳環，他似乎不放心極了，這是他從來沒有過的感受，竟然開始擔心起初雪來。

山底下暴風雪不斷下著，幾輛黑頭車準備上山的賀客們，全被擋在山腳下無法動彈，望著大雪，不斷的埋怨著。

「這江家也真是的，什麼時候不嫁女兒，偏偏挑今天？還挑在山上的教堂？更詭異的，竟然在十月天下起了暴風雪？太不尋常了。」

這些賀客中，不是商界的名人，就是權貴，收到江家的喜帖，去跟不去都是為難，最後大家商量好，派個人把厚禮送到教堂去，也算不失禮數。

賀客沒到，但賀禮跟祝賀江家嫁女兒的花籃，早把教堂裡裡外外擺的鋪天蓋地。

由於今天突如其來下起了暴風雪，久不久才陸續上來了兩、三輛賀客的車。

江府的管事趙叔，一見賀客到，邊喊著：「貴客到！」「東南洋行周老闆到！」「周老闆，裡邊請，請！」「天熹紡織季老闆到！季老闆，裡邊請，請！」趙叔忙著一一帶位。

今天的主人公江平之，正開心的一一忙著招呼前來的賀客，接受對方的祝福。

以江家在上海灘政商兩界的地位，不應只是這麼的冷清，但遇到幾十年來第一次難得一見的十月雪，江平之十分懊惱，加上趙叔提到山下好多名門望族被困在山下上不來，他更是難堪，再怎麼說，今天是他這輩子第一次，也是唯一僅有的一次獨生女出嫁，這場面顯得太冷清也太難看了。

但江妻一顆心老懸著，似乎還是不放心，跟江平之交換了一個眼神，就把現場交給了趙叔，逕自往教堂為新娘準備的房間去。

江家二老一進教堂房間，只見含青和兩個丫頭正幫映瑤把剛剛淋到雪打亂的妝髮和新娘服重新打理。

江母看出映瑤雖然一身新娘打扮，但心情卻十分迭宕，心生不捨，忙過去坐到她身邊，去握映瑤的雙手，似乎要給她一點支持和力量。
「典雅大方，秀外慧中，尤其穿起了這套婚紗，簡直比仙女還美，這可是誰的女兒呀？」
「娘！哪有人這麼稱讚自己的女兒呢！」原本惶惶不安的映瑤再也忍不住笑出來。
「是嘛！當新娘子就是要笑，這可是妳的大婚之日不是？孩子她爹，你瞧瞧，咱女兒這一打扮，多貴氣，多漂亮啊！」
「那得看看她爹是誰？」江平之笑看著這個前世情人，也是他捧在手掌心長大的女兒。
「瞧你！老往自己臉上貼金，要不是我辛辛苦苦懷胎十月生下她，你以為生個女兒容易嘛我！」
「欸，妳……」
映瑤笑出來，哄著二老：「爹，娘，你們都別爭，這輩子能當你們的女兒，這是我的福氣，我……」
映瑤說到這裡，想到自己就要出嫁，似乎不捨，哽噎再也說不下去，尤其看到窗外後院，她內心更是糾結不已。
江家二老見狀，是又氣又心疼，含青則是一雙眼神不安分地不時望向窗外。

後院，一朵傘花下的人，正是今天的男主角，也是新郎易如風，他一副玉樹臨風，長的十分俊逸瀟灑，難怪映瑤非他不嫁。

但他卻杵立在暴風雪中，不顧他父親易貴旺的苦勸，仍堅持要在這裡等所愛的人，要和她許下彼此的誓約，完成兩人的終身大事。

易貴旺猥瑣又著急的勸他：「如風，別等了，她不可能來的，你快進去教堂，江董還等著為你跟映瑤小姐主婚……」

不待易貴旺說完，易如風大聲喝止：「爹，我的新娘是初雪，不是什麼映瑤小姐，你糊塗了嗎？」

易貴旺不知怎麼面對，正好江家夫妻走出來，一聽，江平之十分憤怒，想叱責，但為江妻給攔住，暗示他，為了女兒映瑤，一定要忍下這口氣。

江平之看到在房間的女兒映瑤，婚紗也穿了，頭紗也戴了，一副期待的看著窗外的他們，江平之不得不妥協了，為了女兒，他放下身段上前。

「如風，吉時已經到了，賀客也全在教堂等著，我女兒也打扮好了，你這個做新郎的，是不是應該進去完成婚禮了？」

易如風回過頭來，錯愕、訝異：「江董，夫人，我今天確實要結婚，但新娘卻不是大小姐，您們會不會弄錯了？」

江平之雙手緊握、青筋浮爆，再也顧不得江妻的阻擋。

「易如風，今天要不是我女兒選擇了你，就憑你在我們江氏地產公司小小的一個職位，你以為我會讓你當上我江家的女婿？」

江平之炸開了鍋，繼續指責易貴旺：「還有你，易貴旺，之前你不是口口聲聲跟我承認，這件婚事是經過你兒子首肯，現在你也聽到了，你兒子說那是什麼話？你這是拿我江氏地產的威信在開玩笑？拿我女兒的婚事當玩笑耍？以後我們江氏地產還要不要在政商兩界立足，啊？」

易貴旺見江平之憤怒了，他又急又不知所措：「江董，我我我……如風，你你你……」

易如風震驚的看著易貴旺，氣罵：「爹，這是什麼時候的事？你跟江董的承諾為什麼沒告訴我？這下造成江董跟夫人、還有映瑤小姐這麼大的誤會，還讓我揹上不明之罪，你怎麼可以這麼做？」

易貴旺一再的向易如風道歉，甚至下跪請求易如風原諒他這個沒本事的爸爸。

易如風一把扶起易貴旺，並質疑他：「你收了江董的錢了對不對？」

易貴旺不斷的自己甩巴掌，還拿出一把刀，要易如風剁了他的手，易如風明白了，易貴旺不但收了錢，還把錢拿去賭掉，易如風崩潰了。

「爹，你怎麼可以這樣？你不但賭掉你自己的人生，連我的婚姻和前途也押上，你還是我的爹嗎？你怎麼可以……」

江平之再也看不下去，喝止：「夠了！你們父子一搭一唱，這是在演哪一齣戲？你們聽著，錢你們也收了，現在又要毀婚，把我們江家的面子和尊嚴放在地上踩，簡直拿我們當猴子耍，我絕對不會原諒你們，你們等著收律師信，我一定要告到你們坐牢為止，孩子她娘，這個婚事到此為止，咱們走。」

江平之憤怒的拉著江妻要進去。

易貴旺急了，忙提醒江平之：「江董，我知道我錯了，就算我被抓去坐牢，就算被判死刑也算死有餘辜，但是，您別忘了，江家的聲譽，還有孟大小姐的名節，就算我被千刀萬剮，但我們不能傷害到孟大小姐啊！」

江平之一聽，又氣又恨，江妻見狀，忙將江平之拉到一旁。

「孩子她爹，映瑤和易如風這門婚事已公諸於世，整個上海灘所有的政商兩界也全知道了，還有，在教堂的那些賀客還等著，你要三思啊！」

「孩子她娘……」

「孩子她爹，也許那些在你心裡全不是事兒，可咱們女兒映瑤，她現在還穿著婚紗一心期待著，你叫她怎麼面對這事？又怎麼活的下去呀！」

江妻這一提醒，江平之又氣又扼腕，看到女兒在窗內一副那麼期待又充滿希望，再看向易如風，他一時面子又下不來，江平之內心掙扎了半晌，不得不跟易如風談判。

「如風，要不，這樣吧，只要你跟映瑤完成這個婚禮，我決定把孟氏地產的總經理位置留給你，再給你百分之十的股權，這已經是我最大的讓步跟誠意了，如何？」

「董事長，謝謝你過去對我的提拔跟厚愛，但婚姻跟愛情不是可以用金錢跟地位做交換，何況，這對映瑤小姐也不公平，不是嗎？」

「你……？」

江平之一股氣憋著，他很想發作，但看到江妻及在房間內的映瑤，他不得不按捺下來。

「易如風，你說，那個女人對你來說，究竟有多重要？」

「董事長，她對我來說，是這一生當中不可缺席的女人！」

江平之一聽，氣惱。「在江山跟美人之間，你還是要選擇美人？」

「董事長，我跟我所愛的人曾經互相許下承諾，我不能違背我們的誓言，否則我算什麼？」易如風說得斬釘截鐵、義正嚴詞。

「你的意思是，你非她莫娶？」

「董事長，辜負您的期待，對不住！」

江平之已放下身段，竟然被自己的下屬當場拒絕，還這麼的難堪，他氣壞了：「孩子她娘，走，跟他沒什麼好說的，咱走！」

江平之拉著江妻正要走，誰知映瑤由含青陪著由內走出來。

「爹……」

「映瑤，妳聽聽，這個易如風說的是什麼話？我給他臉，他不要臉，像這種男人，妳還指望他什麼？咱這個婚別結了，走，爹給妳找個更好的男人去！」

江平之再也受不了，要拉映瑤走，誰知映瑤卻甩開江平之的手。

「爹！你讓我跟如風談談，行嗎？」

「映瑤……」

映瑤不待江平之說話，一副深情的看著易如風：「如風，從你進我們江氏地產企業的那一天開始，我就把我這一生的賭注押在你身上了，現在你不要我，我該怎麼辦？」

不僅江氏夫妻傻了，連易如風也矇了，含青則一副十分複雜的看著易如風的反應。

易如風面對所有人看著他，他內心十分掙扎，半晌，他終於做下決定。

「映瑤小姐，妳願意嫁給我嗎？」

眾人訝愕，尤其是江家二老及含青，最開心的是易貴旺，只有映瑤則是流下喜悅的淚水。

還不待映瑤點頭，易如風說話了：「不過，我有但書。」

江平之一聽，不高興，還來不及反應，映瑤說：「行！我一切聽你的。」

「我希望先娶我所愛的人，之後再跟妳成親。」

江平之一聽，一拳敲在後院的桌子上，憤怒地：「不可能！」

「爹！」

「映瑤，妳聽到了，他要跟別的女人結婚，那妳算什麼？只是一個名不正、言不順的妾，是妾啊！這我不能接受！」

映瑤低下頭，似乎也很難承受這樣的條件。

含青忍不住為映瑤抱不平：「易少爺，你別得了便宜還賣乖，我們家大小姐在這上海灘是什麼樣的一個地位？今天她願意嫁給你，那是你上輩子修來的福份，你開心都顧不上了，竟然還敢叫她做你的妾？」

含青轉向映瑤：「小姐，咱沒必要在這裡受他的羞辱，走，咱回去！」

易貴旺見狀，忙上前小聲的提醒易如風：「兒子，董事長對我們恩重如山，你能在江氏地產公司爬到今天的位置，難道你真的要把自己打回原形重新來過嗎？」

易如風一聽，瞪了易貴旺一眼，見江家一行人就要進去，他內心掙扎了半晌，忙出聲：「映瑤小姐，可不可以再給我一個時辰的時間？我想見我心愛的女人，我們說好不見不散的。」

映瑤打住，還來不及反應，江平之這下找到發洩怨氣的出口：「行！但我有條件！」

「爹？」

「董事長，您說！」

「我答應你妻妾同行，但，你得答應我，跟映瑤高調結婚，等結完婚，再讓你低調的收房納妾……」

「董事長……」

江平之抬手制止。「我話還沒說完，只要你跟映瑤結了婚，成了我江家的女婿，未來我所有的事業全交給你，你好好考慮一下！」

江平之已把話撂到這份上了，所有人都在等著易如風的回答，易如風沒回話，一雙眼神卻直直的朝著來時路、期待他所愛的女人出現。

雪，無邊無際的飄落著，沒了來時路。

第四章　～～破日～～

一個時辰，對江家人來說，只是兩個小時的時間，但對映瑤的等待，是十分糾結，她從來沒忘記，在她被人綁架的時候，易如風是怎麼奉江平之的命令，懷著鉅款，單槍匹馬的前去賊窟營救她。

尤其是在她最害怕、最無助的時候，易如風一句：「映瑤小姐，有我在，別怕。」易如風把她摟在懷中，映瑤在生死之中找到一個救贖依靠的人，就是這一句，讓映瑤認定就是他了，就算易如風把心給了其他的女人，但，映瑤並不在乎，哪怕所有人笑她傻，只要易如風能陪在她身邊，對她來說，這就夠了。

但這一個時辰對易如風來說，就像一世紀那麼長，他的初雪，他這輩子心心念念所愛的女孩，兩人相約了在這教堂舉行婚禮，可為什麼她遲到了？

含青冷哼：「易少爺，一個把終身大事這麼重要的約定都可以遲到，可見得你有心，她無意，您就別再等了！」

「不可能，我們的愛情堅不可摧，她會來，她一定會來的！」

雖然易如風說的斬釘截鐵的，但隨著時間一分一秒過去了，直到一個時辰之後，初雪終究還是沒來。

易貴旺忙催促易如風：「兒子，都一個時辰過去了，她不會來了，你快準備跟映瑤小姐進教堂吧！」

易如風還來不及說，映瑤卻說：「不急，我希望如風是心甘情願跟我結婚，我可以再等。」

「映瑤？」江平之失去耐心，對著易如風下最後命令：「易如風，現在給你兩條路，一條是，立刻跟映瑤走進禮堂結婚，成為我江平之的女婿，也是江氏地產企業的接班人，一條是，結束這場鬧劇，從此江氏地產企業跟易如風再也沒有主雇、甚至任何關係！你快選擇！」

江妻忙看向易如風，最著急的是映瑤，只有含青冷冷的等著易如風的回答。

易如風根本不上心頭，倒是易貴旺急了，忙推搡易如風：「兒子，過了這個村就沒這個店，快帶映瑤小姐進教堂，快啊！」

易如風幾乎是半推半就被推進教堂，所有人幾乎全鬆了口氣，映瑤則含羞帶怯，只有含青，內心十分糾結的陪著易如風和映瑤步上教堂的紅毯的那一端。

暴風雪的山路，冷以烈還是不放心，他步履維艱、一步步的朝山上教堂走去，遠遠聽到教堂傳來的結婚進行曲和鐘聲，他一聽，不知怎麼了，一時心裡鬆了口氣，但更多的是落寞，知道他送上山的初雪結婚了，看著他手上拿出初雪的那只金耳環在風中飄搖著，他放心了，掉頭回去。

而這時，婚禮正在教堂舉行，一身西式西裝的新郎易如風，挽著手上捧著玫瑰花的新娘映瑤，正一步步的隨著悠揚的婚禮進行曲，緩緩的走向教堂的彼端。

就算婚結了，但，易如風並不開心，他十分擔心，究竟初雪為什麼會違背兩人的誓言？為什麼在婚禮這一天竟然缺席？

映瑤看出來他的擔心，忙跟易如風說：「如風，你不放心她對吧？沒關係，咱就跑一趟她家，我也想會一會這個在你心目中這麼重要的女人，哦？」

易如風對映瑤的體貼，十分感動：「映瑤小姐，對不起，讓妳受委屈了。」

「如風，我愛你，就會愛你所愛，如果不能讓你放心，我嫁給你一點意義也沒有，哦？」

易如風感動，在映瑤的催促下，婚禮一結束，易如風、映瑤和含青三人即趨車前往初雪在蘇州的家。

在車上，含青免不了為映瑤向易如風抗議：「姑爺，你有必要這麼急著去找你的愛人嗎？今天可是你跟我們家小姐的大婚之日，你有想過我們家小姐的感受嗎？」

易如風眉頭深鎖，一副著急擔心不已。

映瑤把他這一切看在眼裡，深情、體貼又羞怯的望向易如風。

「如風，我明白你此刻的心情，你對你愛的人，就如同我愛你一樣，只有見到你所愛的人平安無事，你才能安心，放心，哦？」

易如風一聽，再冷漠的人也會感動，他第一次主動伸手去握映瑤的手：「映瑤小姐，謝謝妳能體諒，對不起。」

映瑤被這一握，似乎也醉了。但含青則是不能接受，她為映瑤抱不平：「從來只有妾去見大太太，哪有大太太去接妾回去的道理，大小姐，妳真的好傻。」

「含青，別胡說！」

「小姐……」

「夠了！別再說了！」

含青雖不平，但映瑤說話了，她只能瞪了易如風一眼，乾生氣。

老周一路開車風塵僕僕的來到蘇州的初安堂中藥舖停下。

易如風見車子一到，忙開車門下來，他這一看，赫然發現眼前初安堂中藥舖正歷經一場火災過，到處是斷壁殘垣，初安堂中藥舖的招牌薰黑，還歪斜掉在半空中迎風飄盪，不僅是易如風驚駭，連映瑤和含青也驚呆了。

「怎麼會……怎麼會這樣？」

易如風激動、崩潰的抓起圍觀的其中一位鄰居就問：「你告訴我，初安堂究竟發生什麼事了？為什麼會燒成這樣？這是為什麼？」

「也不知道老初他們家出了什麼事，昨夜裡莫名冒出了一場火，把老初的家跟中藥舖給燒了，唉，老初他們夫妻這麼好的人，卻活生生燒成了兩具焦屍，可憐哪！」

「你說什麼？兩具焦屍？那初雪呢？初雪是生是死？你快告訴我！」

「不知道，剛剛消防署的人來確認過了，只找到老初夫妻的屍體，沒找到他女兒的下落！咦，對了！你們是老初的什麼人啊？」

易如風半喜半憂，憂的是初雪父母雙亡，喜的是，生要見人、死要見屍，沒見到初雪的屍體，那就代表初雪還活著，只是，初雪人呢？

易如風一想到這裡，顧不上映瑤的追問，忙跳上車：「老周，快開車！」

「姑爺，上哪兒去？」

老周開著車，一路由蘇州直奔往山上教堂的方向奔馳而去，這時山上的雪已經停了，到處還殘留著積雪。

車子一到教堂，易如風忙跳下去，抓著教堂的人問，可有初雪前來的事，教堂的人搖頭：「沒看到！」

易如風不死心，前山後院到處瘋狂的找，瘋狂的呼喚著初雪名字，映瑤、老周和含青也跟著一路往山下找去。

當易如風一行人找到半山腰，突然，含青奔來大叫：「姑爺，你看！」

易如風一行人聞聲，忙奔到含青所指之處，只見在低窪處的樹枝上，找到了一個沾著血的頭紗。

易如風抓起了那個頭紗，心情十分激動：「這是……？」

映瑤突然想起：「難道……是她？」

易如風一聽，忙抓住映瑤，激動、一迭連聲地：「她是誰？是初雪嗎？妳見過她嗎？這是什麼時候的事？為什麼妳沒攔住她？為什麼沒告訴我？……」

「如風，你抓痛我了。」映瑤委屈極了。

「姑爺，你犯得著為了一個女人這麼撕心裂肺的指責我們家小姐嗎？」含青不滿極了。

易如風這才驚覺自己太過激動，忙鬆開映瑤：「映瑤，我真的好擔心初雪，我不是故意的，我……對不起。」

映瑤搖搖頭，平撫了一下情緒，這才說：「如風，我真的不知道那位新娘就是你所愛的人，她是一個善良又漂亮的女孩，是她覺得我們有緣，還跟我交換新娘的頭花，你瞧，我頭上別的這朵花還是她親手幫我祝福的……」

「那她人呢？」

「我不知道，她搭的黃包車壞了，我讓她跟我一起搭車上山，她等不及就先上山，該不會？……」

「初雪？」

如風一聽，抓著初雪那個沾著斑駁血跡的白頭紗，崩潰的跪在雪地上，徒手用力的挖著滿地的白雪，想找尋初雪的人，易如風淒厲地悲催哭喊著初雪的名字，雙手挖出血來。

漸漸的，那些被白雪覆蓋的血跡，又滲上新的血，如風再挖過之處，像紅色的花綻放在雪地上……

易如風淒厲的哭喊著。「初雪！妳在哪裡——」

一輛火車長鳴一聲，冒著濃濃的黑煙，正朝東北方向緩緩而去……

在火車上，初雪一頭已乾涸的血跡，昏昏沉沉的躺在火車座位上。

這時，初雪慢慢的甦醒，頭痛欲裂，她摔摔頭，張開眼一看，怔住，自己怎麼會在火車上？

初雪納悶，忙問鄰座的人：「這位先生，請問，這火車是開往哪個方向？」

「小姐，妳究竟發生什麼事了？這火車要往東北去呀！」

「東北？我不去東北，我要到上海的山上去，如風還等著跟我結婚呢！」

初雪驚跳起來，顧不得所有人拿著好奇的眼光看著身穿婚紗、高跟鞋的她，正往前面的車廂踉蹌走去。

這時，身後一雙腳步出現，跟在她後頭。

初雪甩甩頭，一直想看清楚火車外的地方是在哪裡……

正當她來到火車車廂門口，還來不及反應，身後一隻手將她往外一推。

「啊——」

初雪慘叫一聲，滾落在軌道外。

初雪的最後視線只看到火車內是一個戴著威尼斯面具、不知是男是女的人，及火車吐出的一縷白煙……最後，她眼前一黑……不醒人事。

一列火車停靠在上海的月臺上，由火車上下來的是一位風塵僕僕、作風洋派的年輕人，他叫常克行。他提著行李由火車站走出來。

常克行看著久別的上海，一如過去那般親切、熟悉，年輕帥氣的他，笑著，正準備走。

誰知一旁有人按了喇叭，常克行發現車子是衝著他來的，他還來不及反應，車內開車的駕駛，是一位氣質優雅的年輕人，忙朝著他叫：「常克行！」

常克行一看，意外又驚喜地：「季朝陽，是你？」

「先上車再說！」

季朝陽找了一家洋式咖啡廳，廳內瀰漫著古典西洋音樂。

原來季朝陽和常克行兩人過去在北京唸大學，後來常克行去了一趟國外，如今回來，常克行沒想到他一通電話說要來上海，季朝陽竟然放下他手上正忙著的天熹紡織廠大老闆的工作，還來接他這個老同學，讓他十分感動。

「朝陽，你工廠這麼忙，你不但放下工作，還特地親自開車來接我、陪我，你說，這怎麼好意思？」

「克行，說什麼呀你，咱是什麼交情？你是我最好的同學，你海歸回來，就只通知我一個，我這個同學能缺席嗎？」

「朝陽……」

「對了，克行，除了我，你通知江叔了沒？」

常克行搖頭：「我想給江叔他們一個驚喜呢！」

季朝陽一聽，一副欲言又止：「那個……克行……」

「怎麼了？朝陽，有事嗎？」常克行看出季朝陽似乎有話要說，「咱是什麼交情？你有事直說，喔？」

季朝陽看著常克行，似乎不得不說了。「克行，你知道嗎？她嫁人了。」

這話還迴盪在常克行的心裡，雖然他人坐在黃包車上，但心裡卻迭宕不已。

一到江家，司機老周一看下來的是提著行李的常克行，訝喜，忙上前去接過他的行李，邊招呼他進門。

「常少爺，好久不見了，裡邊請。」

含青聞聲，也忙迎進常克行。「呀！常少爺，您怎麼沒通知一聲就來，真叫人驚喜呀！」

「含青，老周，你們還是這麼客氣，對了……映瑤小姐呢？」

含青嘆了口氣，埋怨地：「常少爺，您要是早半個月來，不知道有多好呢！」

常克行不解，帶著常克行去見映瑤，遠遠的，只見映瑤在江家的迴廊正彩繪一把油紙傘。

常克行一見夢寐以求的佳人，從含青口中得知她已嫁為人婦，心情十分難受：「映瑤……」

映瑤一見來人是常克行，訝喜，忙放下手上正忙活的事，迎上去：「克行，真意外，你什麼時候回國的？」

常克行難受的看著映瑤：「映瑤，為什麼不等等我？為什麼連嫁人也沒通知我？」

映瑤笑搖著頭：「克行，對不起。」

「別跟我說這些，我問妳，那個人是誰？人品如何？他對妳好嗎？」

映瑤內心隱隱作痛，但仍強顏歡笑的說。

「他對我很好，為人有情有義，最重要的是，我愛他。」

常克行一聽，難受。含青則幽怨的說：「對，妳愛姑爺，要是姑爺也同樣對妳就好了。」

映瑤輕斥：「含青，別胡說！」

常克行一聽，似乎聽出含青話中的玄機，不捨又難受的看著映瑤：「映瑤，告訴我，那個人我認識嗎？」

映瑤搖頭：「他叫易如風，在我爹的地產公司擔任重要的職務。」

聽到這裡，常克行對這個叫易如風的男人又愛又恨，他真心想會一會這個奪走映瑤的男人，究竟是一個什麼樣的男人，他不甘心極了。

第五章　～～重生～～

江平之前來巡視江氏企業地產公司，員工們一見江董事長來，大家紛紛起身相迎，並要去通報易總經理。

江平之忙抬手阻止，他不希望影響大家的作業，也不想驚動易如風，一向忠心耿耿的管事趙叔，把那些人支開，陪著江平之遠遠的看向總經理室方向去。

門是敞開的，易如風正忙著跟客戶談生意、簽合約，頗有大將之風。

易如風送客戶出來，一見江平之來，意外，忙招呼江平之進總經理室。

兩人一坐下，趙叔出去倒茶，江平之欣慰的拍拍易如風的肩膀。

「如風，你做生意的能力真沒話說，辛苦了！」

「不！爹！您把這麼大的公司交給我，我就算費盡心思也要幫您把公司不但延續下去，更要屢創佳績，要不，我不是愧對爹的託付？」

「很好！公司有你在，我就放心了。哪！你忙，我走了。」

「爹，我送你！」

「不用，公事要緊！」

「爹，慢走！」

易如風送走江平之，回到辦公桌前，看著桌上的公文，員工提報的一份有關天熹紡織季朝陽在南區的一塊邊坡地，他皺眉，不知心裡究竟在想著什麼。

趙叔送江平之上車，江平之問趙叔：「怎麼樣，他的表現有什麼異常？」

「董事長，他一切如常，沒有特別奇怪的地方。」

「那就好！」

原來江平之對這個女婿，還是不放心，留著管事趙叔，目的就是要他就近監視易如風的一舉一動，畢竟易如風並非真心迎娶映瑤，他必須留點心思，當然，這一切易如風根本不知情。

不只公司，連他的床頭人映瑤的交際和人脈，易如風一樣不熟，自從失去初雪的訊息之後，他把所有的心思全投注在江氏企業地產上面，只有午夜夢迴時，看著初雪那只沾了血的婚紗，無語淚先流，直到天明。

映瑤和常克行從髮小就認識，兩人無話不談，常克行很小的時候就對映瑤許下承諾：

「長大之後，我一定要娶妳當我的新娘。」

映瑤只當過去是一場辦家家酒的遊戲，沒想到常克行卻認真了，一聽到映瑤嫁人，他的感情世界像是毀滅了一般，尤其聽到映瑤提及她的夫婿易如風是如何的疼她、照顧她、愛她，常克行心裡難受極了。

誰知含青卻不以為然，見映瑤對她跟易如風的婚姻不但粉飾太平，還直誇易如風是個很好的丈夫和女婿，含青再也忍不住為映瑤抱不平。

「表少爺，你知道嗎？在姑爺心裡，只有那個叫初雪的女人，不但心裡有她，甚至為她造了一間初雪樓，除了姑爺之外，包括我們跟小姐，誰也不讓進去呢！」

映瑤想阻止也來不及了，常克行一聽，為映瑤抱不平。

「太過份了，雖然我跟易先生未曾謀面，但他竟然結了婚，怎麼可以放著活生生的一個妻子不好好珍惜，卻為一個下落不明的女人費這麼多的心思，這還是男人嗎？」

「克行，別怪他，其實，在我嫁給易如風之前，我就知道他愛著這麼一個女人，他不愛我，我早就知道了，但，感情不是這麼算計的，只要我愛他，他也願意讓我留在他身邊，這就夠了，不是嗎？」

常克行聽到映瑤活在這麼委屈的婚姻中，還心心念念的為易如風找理由，他為映瑤的癡傻不能接受。

「映瑤，妳是堂堂一個上海灘有名有姓江氏企業地產的江大小姐，妳有必要為了一個夾在婚姻中、莫名又無形的第三者而委屈的過這種日子嗎？」

映瑤苦笑的看著他：「克行，你不懂得愛，當你有一天愛上了，你就知道什麼叫心甘情願，哦！」

常克行聽到這裡，心就像一把刀刺進他心窩裡似的喘不過氣來，他怎麼可能不懂得愛，他是拼了命、挖心挖肺的想把這一生、傾其所有全給了映瑤，偏偏映瑤的心卻給了那個叫易如風的男人，叫他怎麼不心痛？不難受？

如果人生可以重來，如果時間可以倒流，就算拼了這條命，他也要把映瑤娶到手，讓她有個姓、有個這世上只愛她一個人的風光婚禮。

只是，他晚來一步，這也是常克行十分自責、懊惱的事。

「克行，你這趟回來，有什麼打算？」

映瑤的一句話，把常克行拉回現實，常克行心裡還是對映瑤不放棄，只要能就近看著她，這對他來說，一切就夠了。

「映瑤，妳放心，暫時我會住在我大學那位死黨、也就是季朝陽他家。」

「你不住我家？」

常克行很想，但，他擔心易如風不知是怎麼樣的一個人？何況，情敵相見份外眼仇，他不能，也不想。

「映瑤，咱們是遠房親戚，就算咱的感情再好，但是，如今妳已結了婚，我擔心、也在乎妳夫婿的感受，我想，咱還是別住在同一個屋簷下，哦？」

映瑤其實也考慮到易如風會在意，既然常克行堅持，她也就順他的意思，不顧常克行的阻止，親自要送他到門口。

當映瑤和含青二人送常克行走過迴廊，經過一間叫初雪樓的房間，常克行十分好奇。

「初雪樓？這是誰住的地方？看起來挺雅緻的。」

映瑤苦笑，倒是含青不高興，搶先說：「表少爺，這間就是我們家姑爺為他那位死去的愛人量身打造的房間，您說大小姐嘔不嘔啊……」

映瑤一聽，忙喝止：「含青，別胡說，沒見到初雪妹妹的屍首，怎能詛咒她死！」

「我可以進去參觀一下嗎？」

映瑤正猶豫著，含青則不以為意要推開門讓常克行看，誰知就在常克行要推開門那一剎那。

「住手！」

常克行三人錯愕回過頭來，原來是易如風回來，驚見有人要進初雪樓，他十分震怒，忙喝止：「他是什麼人？含青，我不是說過，誰都不許進入這個房間，妳好大膽，竟然容許一個外人進初雪樓，妳不想在江家待了嗎？」

「姑爺，他不是外人，是從小和小姐一起髮小長大的表少爺！」

「如風，別怪含青，是我不好，我不該明知道不能踩你的底線，我還縱容含青想滿足克行的好奇，你要怪就怪我吧！」

映瑤已把話說到這份上了，易如風尷尬，轉向常克行，打量他。

「你是常克行？」

常克行意外：「你是映瑤的先生易如風？你怎麼知道我的名字？」

「我常聽映瑤提起你打小到大對她如何的好、如何的照顧她、保護她，久聞不如一見，今日一見，果真如映瑤所說的，是個優秀令人敬重的謙謙君子，對不起，失敬了。」

常克行一見易如風一副謙謙為懷，他心裡對易如風是羨慕又嫉妒的，但一想到映瑤嫁的人品高上大，他也就稍稍放心多了。

「不不！如風，每個人都有他的隱私權，我踩線了，不該窺探你的隱私，對不起。」

「謝謝您的體諒……」

常克行不待易如風說完，當著易如風面前向映瑤：「這初雪樓究竟是怎麼樣的一個房間，它愈神祕，反而愈引起我那該死的偷窺慾，想必以如風的眼光，裡面陳設一定很不凡。

映瑤，妳是他的夫人，妳一定見過，妳說是吧？」

映瑤難堪，但仍情急讚許易如風：「克行，如風是我丈夫，他的一切不用我開口，自然他會讓我明白，如風，你說是不？」

含青見狀，憤憤不平：「小姐……」

「含青，克行待了一下午，肯定累了，走，咱送他去搭車。」

含青見映瑤幫易如風把話擋掉，她雖不平，但又無奈。易如風向常克行道別，目送他們出去，他推開門，走進了初雪樓內。

誰也沒進來過，除了易如風，他一進來，將門帶上，環顧著他為初雪所建造的這間初雪樓，裡面陳設的全是白紗，就像靈堂一樣。

易如風坐下來，望著眼前這一切，難受又崩潰、喃喃的叫著：「初雪，妳還活著嗎？生要見人，死要見屍，就算妳還活著，不管用什麼方式，哪怕入我夢裡，妳也一定要讓我知道，究竟妳人在哪裡？初雪……初雪……」

華燈初上，新世界舞廳的霓虹燈招牌粗俗濃艷的不斷在上海街頭對著來往的男女們眨巴眨巴的閃爍著。

新世界舞廳後台，昏迷的初雪悠悠的醒過來，她一睜開眼，發現置身在一個熱鬧、吵雜、掛著一堆亮片的旗袍堆中，她忙要坐起，但頭一陣劇痛，她痛苦的抱著頭呻吟。

但沒人發現，因為，夜色初上，這時候正是舞廳最熱鬧的時候，一堆舞女正化妝，趕著換上旗袍、踩著高跟鞋，在煙視媚行舞大班鳳姐的指揮下，一個個奔出去接待已上門的貴客。

「妳們幾個，還不快點，貴客上門了，妳們可得好好施展妳們的手腕，要是今晚有人再拿白板、坐冷板凳，下個月就別來了，聽見沒有！」

這時，玥玥正要換衣服，一轉身，見初雪正茫然的看著她，她大叫一聲「啊——」這一叫，引來了鳳姐的叱罵：「活見鬼啦！玥玥，還不快換好衣服去見客？」

玥玥指著禮服堆中一臉茫然的初雪說：「鳳姐，她……她醒了……」

鳳姐一怔，沒好氣的上前：「妳總算醒了，妳昏昏睡睡那麼多天，我還真怕妳死在我這兒，醒來就好。耶，說話呀妳？」

初雪怔怔然的坐在那兒，只覺頭痛劇烈。

冷以烈和小刀正好由外進來，兩人一見初雪，嚇了一大跳，還來不及反應。

鳳姐忙問她：「妳叫什麼名字？家住哪裡？妳怎麼會躺在軌道邊？還好妳命大，要不，妳不是失溫過久死了，就是讓火車給壓死。」

誰知初雪卻搖頭，一副茫然的反應。

「我不知道……我什麼都不知道……」

鳳姐見狀，傻了，沒好氣的說：「哪有人不知自己是誰的？去去去，反正妳也醒了，我功德也積了一樁，妳可以走了。」

戴著半邊耳環的初雪茫茫然的起身往外走，以烈正想說時，鳳姐突然靈機一動：「妳回來！」

初雪一怔，回過頭來，茫然的看著她。

鳳姐上前去拉她坐在鏡子前，對著鏡子，邊為她整理亂髮邊數落的編了一個身世給初雪。

「十月，妳這個沒良心的丫頭，妳啊，是我這裡的舞女，妳跟以烈、玥玥，都是我撿回來苦命的孩子……」

初雪聽完鳳姐告知她的身世。鳳姐、玥玥、小刀和以烈吃驚又懷疑的看著初雪。

誰知初雪一副茫然的看著鏡中的自己：「我？十月？舞女？……」

鳳姐不敢置信，但仍一副理當如此重重的點頭。

一旁的小刀、玥玥皆疑惑的看著初雪，不敢吭聲，初雪似乎接受鳳姐給她的身世。

以烈錯愕，心裡不免疑惑，這個女人不是那個新娘嗎？怎麼會一問三不知？難不成？……她糊塗了？

第六章　～～輾轉～～

鳳姐把初雪交給了玥玥，準備她成為新世界一枚新掘起的紅牌，心裡正為平白得到一位這麼漂亮的可人兒而樂不可支的哼著小曲。

誰知冷以烈卻冷冷的希望鳳姐放人，鳳姐沒好氣一迭連聲的數落他：「為什麼？你沒瞧見她嗎？她要身材有身材，要臉蛋有臉蛋，最重要的是，她像一張白紙，這正是咱舞廳最欠缺的一枚明日之星，我費盡心思想找都找不來，怎麼可能放人！」

「鳳姐，她來路不明，甚至，我懷疑她腦子糊塗了，這女人不能留！」

「腦子糊塗更好，反正我把她訓練成頭牌，讓所有的男人人人有希望，個個沒把握，絕對不會讓她出賣身子跟靈魂不就成了。」

「鳳姐……」

「夠了！以烈，打小我就收你跟玥玥了，我花了大把的錢栽培你們兩個，結果，你不唸書，成天惹事生非，玥玥更是放著千金小姐不做，非要步上我的後塵，你們兩個有讓我省心過嗎？我可告訴你，這個十月可是我翻身的一顆棋子，你最好把人給看牢，別破壞我的買賣，否則我肯定擰斷你的耳根子，明白不！」

鳳姐的斥責，冷以烈不敢違抗，再怎麼樣，他在父母逃難扔下他的時候，是鳳姐收留他，給了他一個家、一個姓，鳳姐對他來說亦母亦姐，尤其鳳姐為了養活他跟另一位養女玥玥，感情有依靠，卻一直不肯嫁，他不能不敬重她。

但冷以烈對十月還是存有太多的疑惑和不解，明明她是要上山去教堂結婚的，為什麼會墜落在往東北的火車軌道邊？要不他奉鳳姐之命去辦事，就不會發現這個女人，也許她不是凍死在雪地裡，就是流血過多致死。

冷以烈看著初雪耳邊還戴了一隻金耳環，加上他手上這保存的另一隻，雖然十月糊塗，但他不糊塗，不管怎麼樣，冷以烈明著答應會看牢十月，但心底深處卻發誓，無論如何，他一定會瞭解這個取名十月的女人，究竟她是真糊塗了？還是假糊塗？

而她心心念念一心想要上山去教堂跟那個男人結婚，為什麼她似乎忘了這件事？而那個男人怎麼也沒聽說在找她？

這一團迷霧，冷以烈決定暗地去瞭解。抓著沒人的機會，他逼問十月為什麼要裝蒜？十月不解，逼到最後，冷以烈確定她真的糊塗，而不是裝出來的，更讓他擔心。

鳳姐在上海郊區一直租了一個弄堂的房子，冷以烈、玥玥和鳳姐一直住在那邊，這下多了十月，雖然屋子擠了些，但至少冷以烈可以天天看著十月，就算鳳姐要玥玥怎麼教她伴舞、教她怎麼打扮，甚至應對客人，十月雖疑惑，但學習能力還是有的。

鳳姐和玥玥對十月的進步神速是滿意的，但對冷以烈來說，他是憂心的，他真的好擔心這個來歷不明的女孩，要是哪一天清醒了，知道被鳳姐給騙了，她怎麼面對她現在的人生？

玥玥從小到大一直喜歡這個沒有任何血緣的冷以烈，現在突然跑出一個叫十月的女人，更令她難受的是，一向冷酷不多話的冷以烈竟然一雙眼睛一直放在十月身上，話還多了起來，這讓玥玥十分憂心。

「冷哥，你喜歡十月那個女人對不對？」

冷以烈仍是維持一貫的冷酷：「玥玥，別瞎說！」

「冷哥，打從你救了十月回來之後，你一雙眼睛就從此沒移開過她，你一定知道她的底細對不對？要不，就是你喜歡她不是？」

冷以烈無法回答玥玥的疑惑，就像他也不瞭解十月這個女人，她愈像團謎，愈勾起冷以烈對她的好奇，也愈讓他想把她真正的身世挖出來，為了怕壞事，他不能說，就算是鳳姐跟玥玥這麼親的人，也不能讓他們知道。

「冷哥，怎麼不說話，讓我猜中了你的心思了對不對？」

就在這時，鳳姐過來，打斷了玥玥的追問，要冷以烈跟小刀去四方澡堂趙老闆那邊收一筆帳，冷以烈正好找台階下，答應鳳姐，便跟小刀離開，讓玥玥心裡更不是滋味。

「鳳姐，妳幹嘛讓冷哥去冒這個危險？四方澡堂的趙老闆可是什麼人？他不是善類耶，萬一……」

鳳姐忙喝止：「我自有分寸，以烈跟妳一樣都是我的弟弟跟妹妹，要是你們誰受到傷害，妳以為我還活得下去嗎？」

「是，鳳姐，對不起。」

「快去準備，今晚就讓十月正式出場！」

玥玥訝異，連鳳姐也沒把握，但趁著支開冷以烈，她決定讓十月經過她一個月的調教之下去試水溫。

十月頭一天初登場，免不了在外面新世界大舞廳的大字板上大大的打上十月的圖像和招牌，藉以招來更多上門的貴客。

果然，招牌一上架，就引來原本要到百樂門的政商名流，改到新世界舞廳來，把整個大廳擠得水洩不通。

好久沒見到這麼大的場面了，雖然知道全是衝著十月的名號來的，但在鳳姐一聲令下，所有的舞小姐全出動先去招呼，後台只剩下一臉茫然的十月

她面對鏡中自己那張被鳳姐化過妝的臉，一身水蛇腰的開叉長旗袍，加上幾乎細到不能

再細的高跟鞋，她不知道原來自己的身分竟然是舞女？

這時，鳳姐進來，由後按著她，看著鏡中由自己一手打造的十月，像在欣賞一幅藝術品一樣，不免誇讚了十月一番

「十月！現在外面所有的人都等著妳出場，妳記住，心要沉穩一點，臉上要保持微笑，走路要婀娜多姿，說話要吳儂軟語，懂嗎？」

十月疑惑的看著鳳姐：「第一次出場？妳不是說我是舞小姐……」

鳳姐驚覺說錯話，她忙把話轉圓：「哦……十月，我的意思是，妳摔倒受傷之後，這回是第一次回到舞廳重出江湖，怎麼，妳還懷疑我騙妳啊？好了好了，現在外面都等著妳出場，快快，走，咱出去！」

在聚光燈、音樂及鳳姐事先找了熟客擺了花海的大排場襯托之下，經鳳姐介紹並帶怯生生又陌生的十月正式出場，一時搶盡了所有舞女的風頭，也讓上門的政商名流為之驚艷不已，紛紛要點她坐檯陪舞。

但鳳姐不是省油的燈，她誰也不得罪，出第一高價可買到十月的開舞權，誰知話才一說出口，所有人開始開價競標，連一向不涉入聲色場合的天熹紡織廠的老闆季朝陽，為了招待回國的常克行，看到十月的圖像，也為之動心，特地帶常克行進來見見世面。

當然，季朝陽和常克行見到十月本人，就算再怎麼欣賞，但也不致於亂了心性，甚至，

帶著新鮮和好奇的心情在看這一場開舞競標賽。

沒想到最後竟然是杜老闆由外邊喊邊走進來，他這一喊價，令人咋舌，也再也沒人敢加價。

原來杜老闆一向是新世界舞廳趙大山的死對頭，表面上杜老闆是生意人，但私底下他是賣大煙，遊走黑白兩道的黑幫人士。

他這一出手，讓鳳姐十分頭痛，杜老闆明知道新世界舞廳是趙大山的場子，卻仍道貌岸然的前來消費，還給鳳姐出難題，不但買下開場舞，還硬要包場，甚至把十月帶出場，鳳姐急的不得了，

季朝陽和常克行只當是看一場好戲，像這種戲碼在上海灘幾乎天天上演，兩人也不以為意，只覺得十月這麼標緻的女人，應該是出身高貴院落的名門閨秀，怎麼會流落到成為金錢物慾下被競標的女人？

杜老闆堅持要買十月出場，鳳姐原本只想試水溫，誰知試出了亂子，她知道杜老闆的惡勢力，就算擱也攔不住，眼看著十月被帶走，她著急的去找老闆趙大山想辦法，也讓玥玥找人去通報冷以烈救急。

趙大山把新世界舞廳一手交給鳳姐去打理，不再介入舞廳事的他，一聽到杜老闆前來找碴，他整個火全上來了，他問起冷以烈人呢？

這時的冷以烈，跟小刀奉杜老闆的命令去趙大山的四方澡堂討之前欠的款子，誰知對方一來以沒欠款這回事，二來以趙大山不在為由、堅不面對，還找出幾個打手要把冷以烈二人趕走。

士可殺、不可辱，趙大山的人馬踩到冷以烈的底線，讓冷以烈不能承受，尤其對方壞了江湖的潛規則，還先出手對付冷以烈二人，

冷以烈氣極還手，雙方廝殺一陣，最後對方見苗頭不對，允諾並簽下日後必須全額付清賭場的欠款，冷以烈拿著欠單這才走人。

誰知他才剛剛出澡堂，新世界舞廳的手下來報，十月被杜老闆強行包場帶走，冷以烈一聽，氣壞了，忙叫小刀去兜人，自己則早一步趕去找十月。

杜老闆把十月帶回他經營的酒店內，不知世間險惡、單純的十月，以為是鳳姐及冷以烈把她託付給杜老闆，禁不起杜老闆頻頻勸酒，黃湯下肚之後，整個人醉的不省人事。

杜老闆見到獵物躺在房間，尤其十月有別於過去那些主動投懷送抱、聲色場合的女人，更令他十分憐惜跟誘惑，他支開了所有的手下，正準備對十月下手。

誰知場外冷以烈趕到，心情如焚的他以一敵十，也顧不上這是杜老闆的場子，就硬著蠻幹了起來。

以冷以烈的身手，杜老闆這些手下根本不是冷以烈的對手，但杜老闆早已下令，今晚酒

店他全包下不經營，更不准任何人進出他的酒店，趙老闆認為酒店沒人會上門，他對十月下手一事幾乎是十拿九穩。

誰知就在他要解開十月旗袍的剎那，房門被冷以烈由外踹開，一時杜老闆先是嚇了一大跳，繼之臉色一沉，一把撈起醉昏的十月當人質，藉以脅迫冷以烈。

一時之間，杜老闆這個舉動，不但把十月嚇醒，連帶也驚動所有杜老闆趕來救援的大弟子們，冷以烈和趕來的小刀一行人，不但救不成十月，反被杜老闆的手下層層包圍給押住。

杜老闆要手下制裁冷以烈一行人，他則押著十月要走，就在危急的當兒，新世界舞廳的趙老闆帶著一幫兄弟趕到，希望大家在上海灘混，彼此該留個名聲和餘地給對方，別把事情弄擰了，往後結了怨、生了仇，恐怕就很難共存共榮了。

「你說你打算怎麼做？」

「杜老闆，希望你手下留情，今天我一位舞女，兩個手下，非帶走不可。」

「要我放人？行！但你手下這位冷以烈實在太囂張，今天就算我要他一條腿也不為過。」

杜老闆把一把匕首插放在桌上：「這把匕首不見紅，誰也別想走！」

趙大山十分為難，誰知冷以烈卻看著杜老闆：「只要匕首見紅，十月可以全身而退？」

「沒錯！」

冷以烈一聽，二話不說，在趙大山、小刀和十月驚呼聲中，他快速的抽起匕首，往自己左腿狠狠刺下，一時之間，血流如注，冷以烈痛到單膝跪倒地上，嘴唇也咬出一條血痕。

十月見狀驚駭，而趙大山面不改色，眼露兇光，命帶來的手下把十月、冷以烈帶走。

一場上海灘的江湖恩怨在血泊中收場，趙、杜二大老，雖心裡對對方不滿，但事已至此，不得不結束這場恩怨。

冷以烈因失血過多病倒了，十月、鳳姐和玥玥擔心、著急的守在醫院病房，十月十分自責，向鳳姐和玥玥道歉，玥玥怨她、怪她為什麼要出現？要是妳不出現，也不會引來這場大風波。

鳳姐不待玥玥哭罵完，忙喝止，她明白玥玥對冷以烈不只存在著兄妹的感情，更多的是戀人之間的情份。

其實鳳姐自己何嘗不難過，冷以烈就像她的兒子一樣，看著自己為了一個貪字，把十月攬到自己旗下，如今卻拖累了冷以烈，要是冷以烈有個三長兩短，叫她情何以堪？

十月更自責，她雖然不是很明白究竟發生什麼事，但，她明明白白的看到冷以烈為了救她，不惜自廢自己的一隻左腿，就算鳳姐把話揭開，說她騙了十月，其實他們什麼關係也不是，並不斷的趕她走，但不管鳳姐怎麼趕她、放她去自由，但，十月說了，除了看到冷以烈清醒，否則，她絕對不走。

為了這句話，鳳姐把玥玥帶走，留下十月一個人孤零零的守在冷以烈的床邊，她看著這個之前聽說在鐵軌道邊的雪中救她一命的男人，這回又從杜老闆手中將她帶離，雖然人糊塗了，但知恩要報恩，十月流下了歉咎的淚水。

而冷以烈，他仍在昏迷中，完全不知道。

第七章

十月幾乎快瘋了，她不知自己是誰？來自何方？又是什麼樣的家庭出身？為什麼會懷孕？難道我……我是有夫之婦？

外面正下著雨，十月像瘋了似的跑到外面朝天吶喊：「我是誰？我究竟是誰？老天爺，你告訴我……」

冷以烈雙手交抱的倚在門邊看著，一向溫柔婉約的十月在雨中像失心瘋似的大吼大叫，他真的很同情十月，也不解，像她這麼單純的女孩，究竟她是什麼樣的家世和背景？為什麼有人要這麼殘忍的殺她？而她為什麼會糊塗？之前不是上山要嫁給她最愛的人嗎？怎麼會淪落到北上的火車軌道邊？還差一點被凍死、甚至頭部遭劇烈撞擊流血過多致死？

別說十月糊塗了，連冷以烈也不明白這個女人的過往，但唯有讓他明白的事，有人不斷的要買兇殺十月，如果以過去的他，可以冷血到不管，但自從那天初見面，看到這個女人在雪中開心的跳舞，他的心竟然振動了，也變柔軟了，他下定決心要保護這個女人，不，應該說，連她肚子裡的孩子。

十月崩潰厥倒在雨中，昏睡了三天三夜，冷以烈一邊療傷，一邊不眠不休的守在她身邊，愈是相處，愈讓冷以烈的殺氣一點點的放掉，冷漠度也轉為溫柔，這是冷以烈最大的改變，但他竟然不知道。

為了呵護十月的孕吐，加上十月懷孕的嘴饞，只要十月開口，就算要他跑多遠去找，他會揣在懷中，哪怕跑的急、摔跌了，懷中的吃食一定在冷掉之前給送到十月面前，像一個丈夫溺愛妻子一樣的捧在手掌心上疼著、呵護著。

自我迷惑的十月，隨著一個新生命在她身上孕育，她逐漸冷靜下來，偶爾想起肚子裡這個孩子的父親是誰？他又是什麼樣的人品？但更多的時間，她開始為即將出世的孩子做衣衲鞋，為了孩子她的人生即將要改變了。

冷以烈遠離了過去打打殺殺的日子，為了照顧十月，他白天去做粗活掙錢，晚上回來，十月已準備好了飯菜。

在外人看起來，他們像一對平淡的夫妻一樣過著小日子，但只有他們兩個心理很清楚，他們什麼關係也不是，只是二人都沒說。

這一天，孩子要出生了，偏偏叫不到產婆，十月陣痛加劇，冷以烈著急、擔心，卻又束手無策，不知怎麼幫到忙，聽到十月撕心裂肺的慘叫，冷以烈心急如焚，他再也受不了，忙去把房東抓來，逼她幫十月接生。

孩子在冷以烈的著急、十月的痛叫聲總算出世了，房東把剛出世的孩子抱給冷以烈看：「冷先生，恭喜你，你太太添的是一位公子。」

抱著軟綿綿剛出生的孩子，聽到他那麼強壯的哭聲，不知怎麼地，冷以烈流下難得喜悅的淚水。

虛弱、一身是冷汗、剛生完的十月說：「以烈，可以讓我看看孩子嗎？」

冷以烈忙把孩子抱到十月身邊，十月看著剛出世的孩子，她十分感動，但更多的是傷心和難過，抱著孩子，她哭了，哭的撕心裂肺的。

冷以烈嚇到，問她：「怎麼了？孩子長的十分健康，是個貴氣的小男孩，妳應該高興不是？」

十月說：「以烈，孩子的爸爸是誰？你告訴我？」

冷以烈無言以對，看著十月抱著孩子又哭又笑，其實，冷以烈感覺到自己心裡像刀在割一樣難受，打從他離開新世界舞廳跟趙大山老闆之後，他隱姓埋名，為了照顧和保護十月，這一年來，他不知何時已從同情，慢慢變成一種習慣，甚至愛上了十月。

但他不敢冒犯十月，也漸漸不想幫十月找她的身世跟家人，他變得有私心，如果能一輩子跟這個女人生活在一起，有個孩子有個家，這對他這個浪子來說，未必不是壞事。

「以烈，你告訴我，我該怎麼辦？」當十月抱著孩子，一副無助哭求的看著他，他一顆心全糾結在一起，全化做繞指柔了。

「十月，妳放心，妳不孤單，妳還有我。」

十月在淚眼之中，突然看清楚了，過去一直活在自我的天地中，從來沒把冷以烈這個人放在她生命中，或眼底裡，可今天孩子一出世，孩子第一眼見到的，竟然是冷以烈，也因為有他的陪伴，她才能一直走到今天。

「以烈，謝謝你，要不是你，我不可能活到今天，更不可能把孩子生下來，雖然我不知道孩子的親生父親是誰，但他必須有個姓，你願意暫時成為他的父親嗎？」

冷以烈一聽，鐵漢柔情突然變得十分脆弱，冷以烈再也受不住，奔出去跌坐在門崁流下感動的淚水。

就為了這一句話，冷以烈放棄再為十月找孩子的父親，他願意取代孩子親生的父親，扮演一個為人父的責任，給了十月和孩子一個家，並為孩子取名叫冷夏至，至於他跟十月，他內心十分糾結，他很想取代十月那個不知名的男人，但，他是條漢子，不想趁十月糊塗之危去親近她，就這樣兩人成了無名無實的假面夫妻。

這一做，就是五年。

五年的變化說大不大，說小也不小，常克行接掌了家業，成了洋行的老闆，專門進口一些洋人的藝術品跟玩意兒，做的有聲有色。

而季朝陽，卻為了一塊地租給一些窮苦人家，沒想到一場暗夜大火，一時炙手可熱的建地，一下子死了很多人，變成一個沒人要的廢墟。

常克行懷疑季朝陽究竟是不是得罪什麼人？為什麼會遇到這麼倒楣的事？

但季朝陽沒想那麼多，只說，自己太年輕就接掌父母留下的事業，難免遭人忌，更有可能是意外，也就不把這事上了心頭。

倒是易如風，憑著自己果斷的判斷力、以及在商場做事快、狠、準的魄力，加上女婿憑丈人貴，如今在上海的商界，已經是赫赫有名地產界的紅頂商人。

五年來，江映瑤一直沒懷上孩子，這是她最遺憾的事，雖然易如風不以為意，含青也要小姐別想太多，但一個無法幫最愛的人生下一男半女，終究讓她一直無法面對易如風，甚至因為抑鬱，江映瑤變得不快樂極了。

這一天，常克行如常的來拜會江平之夫妻，其實，他心裡掛念是江映瑤，一聽到她病倒了，他比誰都還要著急，本想連夜趕到江家來見江映瑤。

偏偏又師出無名，正好之前聽到含青提及易如風和江映瑤今天就是結婚五週年紀念，這下給了他一個理由和藉口，他決定到上海拍賣中心去。

今天是上海藝術品拍賣中心為了一場義賣在做活動，季朝陽陪著常克行到拍賣場去參加拍賣會。

今天拍賣最壓軸的珍品是一件翡翠的蓮花簪子，常克行及一些商界及藝術界的人開始競標，數字愈標愈高，常克行一副勢在必得，幾乎已高過原價之上，季朝陽忙要他收手，但常克行不肯，最後，常克行出比原價還要高一倍的價錢得標。

季朝陽明白常克行的心思，看到常克行如獲珍寶似的收下那支髮簪，他嘆了口氣：「克行，映瑤嫁給易如風已經五年了，你到現在對她還不死心？」

常克行苦笑，反問他：「你死心、也放下了？我不信，要不然你怎麼到現在還不娶？」

這句話把季朝陽給問住了，其實，季朝陽也對江映瑤不曾死心過，只是，她已貴為人婦，加上他也知道常克行愛江映瑤比他還要多，在友情、愛情和現實的權橫之下，他只能把對江映瑤的愛擱在心上的某一個角落，沒想到他再怎麼隱藏，還是讓常克行這個生死之交給揭穿。

「沒錯！映瑤一直是我這輩子夢想中的新娘，我曾經想過要把她娶進我們季家門，可怎麼辦？她愛的人是易如風，再說，我知道你愛她比我愛她還多，不管怎麼算，也輪不到我身上，雖然我愛她，但……唉！在愛情的天秤上，我永遠只能淪於備胎的角色。」

常克行對季朝陽這一番話說的，他不知道該怎麼回應才好，他知道在這條人生的道路上，季朝陽就像他的兄弟，又是知己，更是一個可敬的情敵及事業的對手，只是，他們終究還是輸給了易如風。
就在易如風和江映瑤的五年結婚紀念日上，常克行單獨前往，並把重金競標來的那只髮簪當成賀禮送給了江映瑤，江映瑤欣喜若狂，執意要易如風為她別上。
易如風感激常克行對他們夫妻的厚愛，並意有所指的邊為江映瑤別上髮簪，邊說：「映瑤，人生難得一知己，可惜的是，常少爺是個男人，要是女人，也就不會讓人產生一些紛紛擾擾的流言。」
常克行一聽，十分著急，但江映瑤比他更急的向易如風解釋：「如風，克行可是我遠方的親戚，何況，咱已經夫妻這麼多年了，您這話可會讓克行不舒坦呢！」
「如風，我純粹只是想祝賀你們夫妻，你可別誤會呀！」
易如風一笑：「瞧你們這麼緊張，我說錯了話不是？那我以茶代酒，自罰三杯向二位陪罪。」
易如風連連喝下含青倒的茶三杯，這下讓常克行和江映瑤兩人安心多了，只是，易如風竟然慨嘆：「五年了，我不知派了多少人，花了多少錢，到處在找初雪，偏偏初雪就像在這世界上消失一樣，你們懂我心裡的苦嗎？」
含青看在眼裡，心情十分糾結，而常克行明知易如風這話說的太不得體，他不高興想苛責，但江映瑤一個求助的眼神，讓常克行啞巴吃黃蓮，有苦說不出。

誰知就在這時，江映瑤竟然因抑鬱病復發，厥倒在地，眾人大驚，常克行比易如風更著急擔心的扶她回房，這時候的常克行已經顧不上男女授受不親，他只在乎江映瑤的身體，怒責易如風是怎麼照顧映瑤的？

易如風連連道歉，並承諾會找更好的醫生為江映瑤治病，但拖了半個月，江映瑤還是病厭厭的毫無起色，常克行急了，到處去打聽，終於，讓他找到一位專門幫人以針灸義診的女中醫。

常克行希望易如風帶江映瑤前去，易如風答應，誰知要出發那一天，易如風突然接到一筆大生意，江映瑤得知他想推掉，忙阻止，說有含青陪她去就行，何況，還有克行呢！

易如風一開始不肯，但禁不起柔情萬千的江映瑤懇求，他答應先去應付公事，但希望江映瑤要是有任何的事，一定要通知他。

江映瑤笑笑點頭，其實，她的心病是無藥可醫，但為了讓易如風放心，她說服常克行，有含青陪她去就行，不希望常克行為了她而忽略自己的事業。

誰知常克行的洋行正好有一批洋貨出了問題，急需他前去解決，他只好放棄，但仍不放心再三的叮囑含青，無論如何，一定要好好照顧江映瑤。

含青答應，她陪著江映瑤前去那位義務幫人以中醫針灸治療的女神醫那邊去，誰知一到那邊，正好今日休假，雙方錯身而過，含青還怪常克行也沒弄清楚時間，害他們白跑一趟。

但江映瑤不以為意，說這麼久以來，一直屈居在江家，不曾踏出家門一步，難得今日出來看看花花草草，心情舒爽多了，再說，她是不想違逆克行的好意，一向她是認西醫、不信中醫，既然對方休假，她正好可以落得全身而退。

而同一時間，原來五年後的十月，由於過去她曾是初安堂中醫的女兒，從小到大有中醫的底子，就算她糊塗了，但她那中醫魂仍然沒忘。

冷以烈訝異夏至從小到大，一有病痛，十月不知哪裡來的念頭，竟然會摘藥草醫治夏至，一次、兩次之後，冷以烈從懷疑到相信，甚至讓十月在醫治夏至的同時，也開始幫人做免費義診。

原本今天是要開放義診，但冷以烈想起今天是夏至的生日，臨時取消不開放義診，並決定在家附近的一家餐廳為夏至慶生。

易如風談完生意，不放心江映瑤，特地開車趕來跟江映瑤相會，一問之下，才知江映瑤錯過了義診，正好他下午也沒事，他找了家餐廳，想單獨陪江映瑤吃飯。

含青識趣的退開，但心裡還是不開心，但畢竟一個是姑爺，一個是大小姐，她又能如何？

而這頭，冷以烈陪著十月和夏至來到餐廳外，原本要進去，不知怎麼的，夏至發現一雙蝴蝶翩翩飛去，為了抓蝴蝶，冷以烈和十月只好陪同而去。

原本雙方就要見到面，誰知蝴蝶壞了事，以致雙方錯身而過，這一錯身，也不知何時才能再見到面。

時間像一把刀，直戳人心窩，真是十分磨人極了！

第八章

看著夏至追著蝴蝶，一路追到山坡上，十月見他長得這麼活潑又健康，甚至古靈精怪，這對十月來說，已經足夠了。

而這五年和十月母子共同生活下來，冷以烈那顆浪子的心，逐漸被十月的柔情軟化，甚至他打心底裡涓滴成河的愛上了十月，他真的很希望能這樣下去。

但午夜夢迴，每當他在這麼幸福的背後，看到十月對著星空期許上蒼能告知她的來處時，冷以烈又不捨的想幫她找到回家的路。

就這樣，冷以烈一直陷入在天人交戰的矛盾和糾結之中。

這一天，冷以烈發現夏至一個人站在一家大院落的外面柵欄，看著裡面的小孩家裡請了私塾在教課，眼睛流露出十分渴望唸書，他走過去，問夏至想唸書？

「想呀！好想跟他們一起唸書，這樣我就有朋友了，爹，我可以唸書嗎？」

冷以烈聽了十分心疼，卻被趕來的十月聽見，十月上前抱著他：「夏至，咱不用到這裡唸，你想唸書，娘教你，哦？」

冷以烈知道其實十月是在幫他解危，她考慮冷以烈一個月工資不多，便把幫夏至教課的事攬下來。

當然，小夏至是缺朋友，目的並不是真的要學習，難免吵著鬧著，這讓從來沒有情緒的十月發了一頓脾氣，惹得夏至吵，十月心裡也難受。

冷以烈把這一切看在眼裡，他心裡比誰都難受，一個男人，除了賺取三餐之外，竟然無法提供更好的生活讓他們母子好過，我這算什麼男人？

但十月心裡清楚，冷以烈跟她非親非故，打從她從舞廳後台醒來之後，不但救了她，還為了她差點廢了一條腿，甚至發現她懷孕之後，不但沒有棄她而去，還一路在十月懷胎陪在她身邊，直到孩子出世。

冷以烈照顧她們母子這麼多年，為她們做這麼多，而她唯一能為冷以烈做的，只是把被打瘸的腳，以她莫名會的針灸及中醫醫術治療到完好如初。

十月覺得他們母子虧欠冷以烈太多太多，尤其冷以烈為了照顧他們母子，不但耽誤自己的終身大事，還不願去接近和認識別的女孩。

十月不是沒心沒肺的人，她十分明白冷以烈對她的情愫，但，自己妾身未明的身分，何況還有個不知父親是誰的孩子，為了冷以烈好，她一度帶著夏至不告而別，為的是讓冷以烈回到屬於他自己的世界去。

誰知冷以烈卻像發了瘋似的到處找他們母子，偏偏她一個弱女子在這樣的年代，又沒一技之長，根本存活不了，就在她走投無路時，冷以烈找到她，一把抱起夏至，還大聲的怒責她

「十月！妳知道妳在做什麼嗎？妳要知道萬一妳有了什麼，還是小孩出了什麼事，妳的親人找來，我怎麼向他們交代？」

其實，十月在那一刻，很想投進他懷裡，把這幾天所受的委屈一股腦的渲瀉出來，只是，原本自己就是要成全冷以烈才不告而別的不是嗎？

這一天，她帶著夏至想去買些書回來教夏至，當她走到山坡下，看到冷以烈竟然幫一家戲院畫著小丑的妝及打扮，藉以達到宣傳該戲的目的。

這時天空正下起雨來，看著一堆孩子不斷追打著冷以烈，雨和淚把冷以烈的妝給暈染開，一個大男人為了錢做到這樣，十月心好酸好痛，她再也受不了，衝上去一把抱著他，求他別做了，別再做了。

冷以烈這個祕密被十月給戳穿，他十分難受又難堪，似乎時間凝滯在這一刻，無情的雨不斷的下著，將他們雙方給隔開，隔的好遠，遠到天邊，又隔得很近，近到兩人就在各自的懷中。

冷以烈很想摟住她，久久不願再放，但很快的，理智將他拉回現實，他輕推開十月，喚醒她

「妳瘋了，天下著雨，孩子正淋著呢！」

冷以烈忙要去抱夏至，誰知夏至因他化妝認不出而推開他

「你是誰？你走開不要碰我！」

夏至又逃回十月身邊，冷以烈要十月先回去，並把一把傘遞給了十月，十月接過，但也從兜裡掏出一個熱騰騰的雞蛋，便轉身帶著夏至離開，臨走前，夏至還問

「那個好滑稽的人是誰啊？」

握著熱騰騰的雞蛋，站在雨中，看著那朵傘花下的十月母子愈行愈遠，最後消失在山坡那頭，冷以烈剝著雞蛋，邊吃邊落下感動的淚水，直到世界模糊。

冷以烈真的需要錢，但打從離開上海灘那個複雜、打打殺殺的日子五年了，以前拉黃包車是好成就他工作的目的，但這五年來，他已脫離那班人，做了勞動苦力，根本是有一搭沒一搭，如果真要回去……

他不捨得，一旦他離開了十月母子，他們肯定活不下去，何況，打小到大，他從沒有過過像現在這麼平凡又平淡的居家生活，日子平凡到可以陪十月母子去山上採藥草回來賣，樂得一整天呢！

但不回去，不只不能讓夏至去上私塾，甚至，長期租人家的房子沒一個真正家的感覺，這才是讓冷以烈覺得汗顏的地方。

正當他陷入掙扎時，十月上山去採藥，把夏至託給了冷以烈照顧，誰知易如風和含青又帶著江映瑤前來要找女中醫，夏至正抓著蜻蜓玩，一個閃失卻被易如風三人給踩死，夏至傷心，哭罵

「你們怎麼可以這麼殘忍，為什麼要踩死我的蜻蜓？還我蜻蜓來！」

易如風冷漠以對，江映瑤人雖虛弱，但還是哄著要含青去抓一隻回來賠給夏至，惹得含青邊埋怨邊找，夏至這才停止哭泣。

冷以烈問易如風三人來這裡找誰？易如風說：「我妻子心情一直抑鬱，聽說了這裡有位常幫人義診的女中醫，不知道您認識不？」

「真不巧，我內人上山去取藥，一時半刻恐怕還不能趕回來。」

含青抓到蜻蜓回來還給夏至，邊皺眉：「上回來過一次，怎麼這回又錯過？」

易如風三人覺得再停留也沒意思，正準備離開，誰知四週圍了一堆青幫，也就是杜老闆的手下

冷以烈一開始以為杜老闆的青幫尋仇找上門來，他正想著應付時，誰知他們竟然朝著易如風三人打打殺殺過來，把江映瑤二人嚇得差點沒命。

易如風喝止，並問對方：「你們是誰？我跟你們有什麼過節？有事可衝著我來，為什麼要驚動我的妻子？」

對方根本不解釋，只說你在地產界得罪太多人，做生意也太霸道、太囂張，有人看不過，今天準備給你一點教訓。

對方便開打，易如風驚，要含青快扶江映瑤坐上車，他一個人去應付，但畢竟易如風也不是江湖人士，身手也沒那麼俐落，冷以烈原本不介入他人恩怨，但見易如風就快被砍死，他再也忍不住出手去對付青幫那些人。

不只青幫的手下，甚至易如風也看傻了眼，他們沒想到這個年輕人的身手如此矯健，在江湖上肯定非等閒之人，才出手幾下，就把那些人給打跑。

易如風三人感激，打算要付錢給冷以烈，但冷以烈以小事一樁打發，江映瑤緩過神來，提及要不這樣吧，今天你救了我們三個人一命，我這心情抑鬱也希望能讓您妻子幫我看病，可否邀請你們夫妻一起來做客？

冷以烈推辭，但易如風拿出名片，還懇求冷夫人能為我妻子看病，可否？

冷以烈不得不接受，易如風三人這才開車離去，夏至問：「那些人是誰？爹，剛剛你好神氣，把壞人打跑，以後你教我行不行？」

冷以烈這才回神一醒，絕對不能讓夏至瞭解自己的過去，他忙把話題叉開，而且，他還讓他不准跟十月說，要不，將來不疼你了。

夏至唯一的罩門就是冷以烈，他一直以冷以烈這個爹為榮為傲，他答應不說，就一定不會說。

冷以烈把夏至支進屋子去，看了一下易如風給的名片，覺得江氏地產企業這個名號十分熟悉，好像在哪裡聽過或看過，但一時又想不起來。

就在這時，小刀奉命去不遠處的一家要債，冷以烈正好要轉身進去，小刀認出，叫了一聲

「冷哥？是你嗎？」

冷以烈下意識忘情回頭，小刀一見是冷以烈，忙撲上去，又氣又喜的大叫

「冷哥，我總算找到你了，你好殘忍，走的一聲不響，你知道嗎？這五年來我們沒有一時一刻不在找你，你可走的真絕！」

冷以烈問小刀：「新世界舞廳生意順利吧？鳳姐跟玥玥還好吧？趙大山老闆呢？大家都好吧？」

小刀嘆了口氣，冷以烈問他怎麼了？小刀這才說：「冷哥，趙老闆希望你回去接掌他的事業。」

「不可能！」

「冷哥，你知道嗎？你離開趙老闆的身邊之後，杜老闆的青幫勢力愈來愈大，不但不照江湖規矩行事，而且愈來愈囂張，難道你忍心看著一手栽培咱們的趙老闆的江山被杜老闆給吃掉？」

冷以烈聽了當然心痛，但他真的無法割捨這五年來跟十月他們母子相處的時光，他坦白告訴小刀

「你回去代我謝謝趙老闆，但五年前我退出江湖之後，就不再牽涉江湖事了，真對不起。」

小刀見他拒絕那麼決絕，他再也不得不說：「冷哥，其實……趙老闆快不行了，他的命就在旦夕之間，你也知道，兵敗如山倒，一旦他倒下，新世界舞廳肯定會被杜老闆給搶走，鳳姐跟玥玥，你說她們還活不活？尤其是鳳姐，一下子失去趙老闆，再失去陪伴她幾十年的舞臺，一旦垮掉，你叫她情何以堪？」

冷以烈一聽，內心陷入天人交戰。

小刀還是忘情對著冷以烈喊話，並埋怨當初真不該接了暗殺十月的那幫單子，今天也不會把一個在上海灘形勢看好的冷哥，活生生的栽進十月那柔情的陷阱裡。

小刀這一提，突然讓他回想起，當年十月說要到教堂去嫁給最心愛的男人，當時車子拋錨，他又回到火車站，看到那半隻金耳環，還是不放心想拿回去還，由於江氏地產一大堆的

花籃把教堂塞的滿滿的，讓他留下深刻的印象。

冷以烈看著那張名片，再這一想，難道這個易老闆三人跟十月的身世有關？

小刀見他怔忡過去，忙問他決定如何？冷以烈反問他：「江氏地產企業的老闆現在是誰？他為人如何？跟杜老闆又有什麼瓜葛？」

小刀說：「易老闆這個人在商場上做事十分霸氣，才接手江氏地產企業五年，靠著他獨特的行銷模式，不但找了上海小姐、還有明星做結合，如今可是在上海灘雄霸一方的地產界龍頭老大，但也因霸氣過頭，得罪了不少人，我是不知道跟杜老闆有沒有關連，但能做的生意，以杜老闆的貪婪，你覺得他會不想沾點好處嗎？」

冷以烈想起剛剛青幫那些人，肯定是覬覦易如風他們江氏地產的大餅來的，但他沒說，他告訴小刀，他會考慮，但千萬別讓他們知道我在這裡。

小刀答應，便匆匆離去。

小刀一走，冷以烈看著易如風的名片，他有太多要幫十月找出的答案，不入虎穴，焉得虎子，為了十月，他決定一個人前去江家赴約。

第九章

十月採藥回來，把籮筐一放，直到吃晚飯的時間，整個人一直處於怔忡的狀態，冷以烈納悶：「十月，怎麼了？發生什麼事了？」

冷以烈這一看，發現她的頭受傷，還滲著血漬，冷以烈一驚，忙去拿出止血的藥草為她敷上。

十月歪著腦袋，不知是羨慕還是不解：「冷哥，你說，這世間上真的有真愛這回事嗎？」

冷以烈被十月這一問給問住：「十月，妳怎麼突然變得這麼文青了起來？」

「冷哥，我在想，我在糊塗之前，究竟是什麼樣的一個女孩？我很文青嗎？在這個講究追求自由戀愛的時代，我是不是很現代的思想？還有，夏至的父親是不是一個人品善良、很優雅、很有擔當、又有責任感的男人？」

看著十月一副像個文藝女孩、沉迷在浪漫愛情的童話氛圍中，冷以烈不知該如何去回應，這對從小到大、一直在江湖走跳的人來說，這樣的女人，這樣的意境，不是他能體會跟感受到的。

「十月，累了一天，妳一定餓了，吃飯，哦？」

十月還是忍不住的說：「冷哥，你知道嗎？今天我到山上去採草藥，剛下過雨，山路滑，我一個不小心腳一滑，整個人就僕跌下地。」

「妳真的太不小心了，我不是說過，雨後的山路特別滑，叫妳別去採藥，妳就是不聽，妳不念著我，難道就不念著夏至嗎？」

「冷哥，你跟夏至任何一個人，是我生命中不能缺席，也不能少了的人，我當然明白。」

冷以烈心疼的為她包紮好，十月繼續說：「剛剛我磕磕碰碰的撞到一塊石頭，不知道昏迷了多久……」

冷以烈驚叫：「原來妳這額頭是撞到頭部受傷的？」

「冷哥，那不重要，重要的是，我居然去撞到一塊墓碑……」

冷以烈一驚，這是多忌諱的事，但他沒敢說，就怕嚇到十月：「算了，那都過去了，別想那些，哦？」

「不！冷哥，那塊墓碑的亡魂居然是一位叫初雪的女孩。」

冷以烈錯愕。

「這個叫初雪的女孩應該很年輕就死了，可她的丈夫好像很寵、很不捨她。」

冷以烈納悶：「妳怎麼知道？她的丈夫怎麼說的？」

「她的墓碑上刻著：愛妻初雪，今生來世都愛妳的丈夫易如風！你說，這個叫初雪的女孩是不是很幸運，遇到一個這麼深情的丈夫？不過，我真的很好奇，究竟他的夫人初雪是怎麼死的？」

冷以烈聽著，突然，他想起當年十月下起初雪，他要殺的那個女孩在雪中跳舞，還提及她的父母就因為生她的時候下了雪，才幫她取名初雪……那麼？……

冷以烈忙追問：「墓碑那位叫初雪的丈夫有刻名字嗎？」

「有，就叫易如風！」

冷以烈傻住，十月說著，發現冷以烈臉色怪怪，忙問他：「冷哥，怎麼了？有什麼不對嗎？」

冷以烈慢慢穩下心來，忙說：「沒事，以後採藥還是別一個人去，知道嗎？」

回到房間的冷以烈，可以確定十月就是初雪，而易如風正是初雪當年執意要嫁的人，他內心十分掙扎和矛盾，甚至有很多不解的事。

為什麼有人要殺初雪？又為什麼初雪不是要去山上教堂結婚，最後卻昏迷在雪中的軌道邊？又為什麼初雪會變得糊塗？

一連串的疑惑讓冷以烈十分不解，原本他想一個人前去赴江家的家宴，但這一想他猶豫了。

由於冷以烈在危急救了易如風三人一命，江家為了招待即將到來的救命恩人，幾乎上上下下都忙了起來。

江映瑤今天的抑鬱顯得特別厲害，但為了招呼冷以烈，她撐著不舒服的身子出來招呼廚子，含青心疼不捨，勸江映瑤回房去躺著。

「小姐，妳別著急，這裡還有我跟姑爺呢，妳進去歇會兒，要是冷先生來了，我再請妳出來，哦？」

本來江映瑤不答應，但最後還是聽含青的勸，回到房間去休息。

其實含青並沒有告訴江映瑤，易如風因臨時有事，恐怕會遲一些回來，免得江映瑤又要擔心。

原來易如風去赴了季朝陽和常克行的約，易如風問二人，怎麼突然約他見面？

季朝陽不高興，拿出證據直指他的那片地是易如風叫人放火的，易如風臉色一陣青、一陣白，忙暴跳如雷的直指季朝陽沒憑沒證別胡瞎說！

季朝陽把人叫出來，易如風一看，臉色大變，原來那人收了易如風的錢，半夜去放火燒了季朝陽租給人的房子。

證人說的千真萬確，但易如風也不是省油的燈，問那位證人，我什麼時候叫你做？又什麼時候給你錢？你可有人證物證？

那位證人指手劃腳的發誓說著，但就是缺乏可以佐證的人事物

易如風嘆了口氣，趁著證人離開，他說。

「人在江湖，身不由己，尤其樹大容易遭忌，這也不是第一次，之前光應付這樣的事，不知幾十、幾佰個案件，他們圖的是什麼？無非是錢，再不，就是打擊到我們江氏地產企業在商場的威信！季老闆，常老闆，你們信我？還是信他？」

這話把季朝陽和常克行給問住了。沒錯，光憑一個人的證據，是很難定罪的，除非抓到現行犯。

季朝陽二人無話可說，易如風一看時間，想起約了冷以烈一事，忙邀請二人到家中作陪。

季朝陽二人本想推拒，但易如風撂話了：「除非你們不信我？」為了這句話，兩人也想看看江映瑤，便答應前去。

同時，冷以烈帶著十月來到江家，上前迎接的是含青，含青一看到十月，嚇傻了眼，但

很快回過神來，以一副鄙睨的眼神看著十月。

但十月的表情卻被江家漂亮的豪宅給吸引，甚至根本就不認識含青。

含青則帶著狐疑的眼神盯著十月看，她不敢肯定十月是真的忘記過去？還是她根本就認錯十月？正好十月要去洗手間，含青忙帶她進去。

這時易如風帶著常克行二人回來，經易如風介紹之下，季朝陽和常克行才知冷以烈是易如風夫妻的救命恩人，上前向冷以烈握手，感謝他。

冷以烈還是一樣保持冷漠，但他一雙眼仍冷眼的打量著週遭這一切。

易如風得知冷夫人也來，他十分開心，問她人呢？要不你們先坐會兒，我先進去看看映瑤，一會兒讓冷夫人前來醫治映瑤的抑鬱症？

冷以烈點頭，易如風進去，季朝陽和常克行兩人之所以會來，其實他們聽說了冷以烈的妻子就叫十月，這讓他們想起舞廳見到的舞女也叫十月，甚至，易如風得知這事，還瘋狂的跑到舞廳去追究個明白。

說實話，今天這個家宴對季朝陽和常克行來說，他們也想確認這件事，更擔心江映瑤受到傷害

而冷以烈也打心底想瞭解這個跟了他五年生活的十月，究竟是什麼樣的身世和背景？而含青也對十月產生懷疑。

就這樣，在場所有人，各懷鬼胎，各有主意。

十月出來了，雖然她脂粉未施，但依舊清麗可人，季朝陽和常克行一見她，依稀還是認出眼前這位冷夫人，正是當年的舞女十月。

含青從趙叔口中得知易如風交待她把冷夫人帶到江映瑤房間門口就行，十月帶著她的醫藥箱，隨著含青進去。

十月被含青引進房間去，含青還是不放心，一再的向十月確認：「咱是否曾有過一面之緣？」

十月搖頭：「從未見過。」

含青仍是懷疑：「是嗎？」

十月重重的點頭，兩人一路來到江映瑤的房間，含青上前敲門：「小姐，冷夫人來了。」

裡面傳出易如風的聲音：「含青，妳讓她一個人進來就行，妳去前頭幫忙招呼。」

「是，姑爺！」便轉身對十月：「冷夫人，我們家老闆請妳一個人進去。」

含青說完出去，留下十月一個人，她輕輕的推開房門走進去，禮貌的喚了聲：「易夫人，我進來了。」

十月慢慢走進床邊，床上卻沒有人，十月納悶，下意識轉身想退出去，誰知一回頭，易如風卻睜大雙眼驚愕的看著十月。

十月被眼前這男人的氣勢給震懾住，他一步步的逼上前，十月慌亂的只能往後退，直到撞到床。

「你？……你是？……」

「初雪？妳是初雪？」

十月疑惑。「你是不是認錯人了？我不叫初雪，我叫十月。」

「不！初雪，妳怎麼會是十月？妳忘了，我是如風，易如風，我們兩個曾許下山盟海誓，我怎麼會認錯人？」

「易老闆，你？……」

易如風激動的抓住十月的肩膀，用力的搖晃，對她忘情的喊話。

「初雪，妳知道嗎？五年前，當妳答應跟我在教堂結婚，我不知道有多高興，我足足等了妳一天，後來聽說妳被雪埋了，我的世界就像被毀滅一樣，我幾乎快瘋了！」

十月慌了，頭痛欲裂。「冷哥！你在哪裡？我頭好痛。」

「初雪，妳知道那時的我還是不死心，瘋狂的到處找妳，哪怕只要有一丁點跟妳有關的事，我什麼都顧不上就朝妳飛奔找去……」易如風一把將她緊摟入懷，激動不已。

「冷哥——救我！」

易如風一聽，又喜又氣：「冷哥？初雪，我好不容易才找到妳，妳知道我有多高興嗎？這五年來，我沒有一天不在想妳，妳怎麼在我懷中，卻叫著他人的名字，這對我有多殘忍嗎？初雪……」

「你放開我，易先生，我不是你的什麼初雪，請叫我冷太太！」

易如風震住：「冷太太？易先生？……初雪，我無時無刻一直心心念念著妳，妳怎麼對我這麼冷淡，把我們的關係拉的這麼遠？初雪，為了妳，我不但這個家保留妳的位置，還蓋了一間初雪樓，初雪，妳怎麼可以這樣對我！」

「我頭好痛，我頭好痛……」

「妳怎麼可以不認識我？！初雪！妳是初雪！」

十月再也經不住如風這般歇斯底里的喊叫，她大聲叫了起來。

「啊——」

一瞬間，冷以烈、常克行、季朝陽跟含青都跑到江映瑤房外。

這時的江映瑤聞聲前來，大家這才驚覺，江映瑤不在房內。

含青：「小姐，妳在這裡？那麼？……房間裡面？……」

冷以烈瞪大眼決定破門而入。

「你們讓開，讓我來。」

門被冷以烈撞開，所有人全衝進去。

「十月？」

「如風？」

所有人全衝進來，只見十月一臉驚恐的坐在床邊，如風則是跌坐一旁。

常克行、季朝陽與冷以烈分別走向易如風與十月。

江映瑤頭回看到如風失魂落魄的模樣，又看著十月，回想起五年前的那場初雪、破廟、教堂、婚禮、易如風的哭喊……那深埋心底的祕密，那些碎裂的傷痕，全都從胸口湧了出來，江映瑤一口氣喘不上來，厥暈了過去。

含青大驚：「小姐？」

眾人忙趕緊將江映瑤攙扶到床上。

「快！快去叫大夫來！」

十月雖飽受驚嚇，但見江映瑤厥倒，她忙恢復鎮定，拿出她為人義診的箱子，立馬恢復醫治病人的專業，拿出針灸為江映瑤把脈醫治。

空氣中在這一刻像是凝滯凍結，季朝陽、常克行和含青十分擔心的看著。

冷以烈則在一旁幫十月，只有易如風，他看著十月的一舉一動，分明就像當初在初安堂藥鋪子為人把脈針灸的初雪，只是，為什麼她堅持說是冷夫人十月、而不是初雪？這是為什麼？難道她背棄了我跟她的誓言，她嫁給了冷以烈，所以她扯謊、不願認舊情？

這一切的一切，像一團迷霧般的讓易如風幾乎快崩潰。

第十章

十月在醫治江映瑤的過程中，易如風突然想到什麼，拉著冷以烈往外走，冷以烈納悶，但也不動聲色跟他走。

兩人一到初雪樓外，易如風質問冷以烈：「為什麼初雪會變成十月？明明我跟初雪約在教堂結婚，為什麼初雪會嫁給你？又為什麼初雪像變了一個人似的，這是為什麼？」

冷以烈也有太多的疑惑：「你不是愛著初雪？為什麼又成為江家的女婿？江映瑤的丈夫？又為什麼你們相約在教堂結婚，最後她卻在往北上的火車軌道邊？這又是為什麼？」

易如風錯愕，不懂他在說什麼，同時，冷以烈也不懂，初雪心心念念的愛人，最後怎麼變成江家的女婿、江映瑤的丈夫？

失去理智的易如風指著初雪樓，崩潰的揪起冷以烈的衣領猛打，哭喊著：

「為了初雪，我是如何的被逼結這個婚，為了初雪，我又是如何的為她打造這座初雪樓，為了初雪，到今天在婚姻上跟映瑤說好，讓她們二人成為我的平妻，還留著一個虛位等著初雪，初雪是我的妻子，她永遠是我的妻子！」

冷以烈這才真正感受到易如風對初雪的感情是多麼的強烈，也明白當初初雪為什麼冒著風雪執意要上山去結這個婚，原來他們雙方都愛著彼此，而這種愛，是他這輩子從來不曾有過，也無法體會和給十月的感情，現在他明白了。

冷以烈默默的打不還手、罵不還口，讓易如風去發洩內心十分複雜的不滿和對初雪的感情。

季朝陽和常克行聞風趕來，見狀，他們二人忙去架開易如風，並問冷以烈，究竟冷夫人名字叫初雪？還是十月？

易如風三人看著冷以烈，冷以烈十分痛苦，內心掙扎究竟要不要把初雪的事說出來？在感情上，他真的不願意失去初雪，但在理智上，他不能這麼自私，明知道易如風和初雪彼此相愛，自己卻要扮演一把切斷他們感情的無情刀，他真的不願意，也做不出來。

內心糾結了半晌，冷以烈痛苦的對著他們說：「十月就是初雪，初雪就是十月。」

「為什麼？如果十月是初雪，為什麼她卻不認識我？這是為什麼？易如風不解的問。」

「她……糊塗了！」

冷以烈痛苦的吐出這幾個壓在喉嚨的字，跌坐一旁的他紅了眼眶，因為他知道，從此刻起，十月再也不是自己的十月了。

季朝陽三人恍悟。

易如風失神的喃喃自語：「我想過好幾種初雪不見的原因，是積的雪太深而我挖得不夠，是被野獸給叼了，或是被好心人埋了，不然怎會不來找我？原來……原來她竟然是糊塗了……」

易如風心痛如絞不停地搥打自己：「都怪我，都怪我……」

易如風似乎想到什麼，忙抓著冷以烈：「把初雪還給我，可以嗎？」

季朝陽二人錯愕，第一個發難的是常克行。

「易如風，你在說什麼？你別忘了，你已經是有妻室的人，你有沒有把映瑤放在眼裡？」

「易如風，別說映瑤不答應，連我也聽不下去，就算十月是初雪，現在她的身分是冷太太，你怎麼可以叫冷先生讓妻？你還是不是人啊？」

季朝陽和常克行這一罵，把易如風給罵醒，他一想。

「是呀，初雪嫁人了，她嫁人了，而我，竟然在她丈夫面前說這些話，我怎麼可以？」

易如風向冷以烈道歉，誰知冷以烈的態度卻沒易如風三人所想的憤怒，這也給了易如風一絲絲希望和殘存的念頭。

冷以烈記不得這一天是怎麼回到家的，他只記得在江家的家宴上，易如風的眼神一直沒

有離開十月，季朝陽和常克行也不斷暗示易如風應該對十月死心了

偏偏十月惶恐的一口飯也吃不上，更害怕看到易如風，而冷以烈自己，則是從不喝酒，這一夜所喝的，恐怕是這五年來的第一次

他醉了，真的醉了。

不知道睡了有多久，好像一世紀這麼長吧，他聽到有人在耳邊擔心著急輕喚著他：「冷哥，冷哥……」

冷以烈悠然轉醒過來，一睜開眼，映入眼簾的是十月害怕擔心的眼神，還有夏至哭著：「爹，你不能死，我不要爹死，爹，你快醒過來……」

冷以烈一聽，心都酸了，忙爬了下床，先哄著夏至

「夏至，爹怎麼會死？爹還會看著你娶小媳婦兒呢！」

夏至一看冷以烈說話，他一把抱住冷以烈，眼淚還掛在臉上，鼻子還抽搐哭著、笑著：「太好了，爹活過來了！」

冷以烈哄了夏至，便讓夏至到後院去玩，這下輪到十月，見冷以烈要走，她忙叫住他，讓他坐下，說有話問他。

冷以烈向十月道歉，這幾天讓她擔心了，但十月卻要冷以烈看著她的眼睛，並問他

「冷哥，你告訴我，我是他們所說的叫初雪嗎？是嗎？」

冷以烈看著她，想到跟這個叫做「十月」的女人這五年來，自己跟她相處的點點滴滴，他很想說不是，但一想到初雪當時是那麼愛易如風，而易如風也為了找她，到現在還對她不能忘情，而最重要的是，他們有一個共同的兒子夏至，冷以烈在這一刻痛苦極了。

「冷哥，我明白了。」

冷以烈一怔：「妳明白？什麼意思？」

「我肯定不是叫什麼初雪的，是他們認錯人了，我叫十月，十月是鳳姐給我的名字，多好聽，哦！」

冷以烈想說出真相，但十月忙阻止：「別說了，我就是十月，哦！」

「十月……」

「冷哥，一個人忘記了過去，糊塗了也不是一件壞事，至少在我糊塗的時候，有一個可愛的兒子，還有冷哥這麼照顧我，給我們母子一個家，以前我會想知道我的來處，但現在，我發現能平平淡淡、單單純純的過一輩子，這未必不是一件幸福的事……真的。」

「十月，妳會後悔的。」

「冷哥，別說了，我真心覺得我現在好幸福，這就夠了，你睡吧，我回房去了。」

十月轉身回房去，冷以烈心情十分糾結，直到天明。

至於江家這邊，江映瑤的抑鬱症經過十月的針灸，確實舒緩很多，她一夜看著易如風為了初雪，痛苦的整夜徹夜未眠，她心疼極了。

「如風，你真的沒有初雪會活不下去嗎？」

含青一聽，為江映瑤抱不平：「小姐，妳瘋了，妳怎麼可以由著姑爺的性子？誰都不希望自己的婚姻卡了一個第三者，妳不覺得一張床三個人太擠了？妳堂堂一個江家的千金大小姐，妳有必要委屈成這樣嗎？」

「含青，妳還年輕，不懂什麼叫真愛，更不會明白愛一個人，就要愛他所愛，如果如風不開心，我也不會得到快樂，只要他覺得幸福，我就會幸福，明白嗎？」

「小姐……」

「好了，妳別說了。」江映瑤顧不上含青為她抱不平，忙轉向易如風：「如風，你放心，你愛我，我也會愛你所愛，喔！」

雖然含青對江映瑤的作法不能苟同，就算抗議，也無效，她也只能接受，只是，她對易如風這個姑爺的態度還是又愛又恨的，別說她自己，就算江映瑤也不會明白含青心裡究竟在糾結什麼。

一樣的日子，一樣的過著，但，十月和夏至的家卻少了冷以烈，夏至哭鬧著

「娘，爹到哪裡去了？為什麼好幾天沒看到爹回來？」

「會的，爹去外地工作掙錢，他很快就會回到咱母子身邊，哦！」

十月雖然這麼安慰夏至，但她心裡十分清楚，冷以烈是為了逃避她。

她十分懊惱，明明自己這五年扮演著十月這個角色好好的，還有一個家，有一個照顧他們母子的冷以烈，誰知一個突然跑出來的易如風卻改變她的世界，摧毀原本屬於他們平凡的家，以致於這個家少了冷以烈。

她更恨自己不該好奇的想瞭解自己究竟是十月還是初雪，才會把冷以烈給逼走，她真的好希望所有的一切回到當初，那麼，她還有冷以烈，只是，她也不知該怎麼辦才好。

「冷哥，你在哪裡？你回來好嗎？」

當然，冷以烈是聽不到，他只記得易如風來找過他，向他低聲下氣的懇求。

「冷先生，我求你把初雪還給我好嗎？」

「易老闆，你說這句話未免對您夫人太不公平，也對十月是一種羞辱，你怎麼可以當著您夫人面前說你愛的人是初雪，你有想過您夫人的感受？又對我的夫人放閃示意？您忠於您的婚姻嗎？你不覺得您背叛了您的婚姻、也消遣了我的夫人？」

易如風痛苦的說：「冷先生，我知道我說這些話對不起我的夫人，也對您十分不敬，但我真的愛初雪，從一開始我的夫人江映瑤就知情，初雪樓不就是一個活生生的例子。」

「您究竟想說什麼？」

「冷先生，雖然我不知道初雪發生什麼事、怎麼會變糊塗，但，我跟她是相愛的，過去我是那麼深切的想娶她，為了她，我不惜拿我的事業和生命當賭注去悍衛我的愛情，最後，我岳父和我夫人妥協了，我相信那天我夫人在場，她也為我證明這件事，不是嗎？」

「你不覺得你對您夫人太殘忍？也太可恨了？」

「我知道，我也明白我今天根本沒那個立場來向您請求，但是，我只想問你一件事。」

「什麼事，你說？」

「一個男人娶自己心愛的女人，最終的目的是為什麼？」

冷以烈被問住了。

「冷先生，以我目前在上海灘的聲望和地位，只要你把初雪還給我，我可以讓她一輩子衣食無缺，甚至給她你這輩子無法給得起的一切，這樣還不行嗎？」

這些話刺傷了冷以烈，也喚醒冷以烈卑微的現實和自尊，看到易如風一副勢在必得的霸氣狀，冷以烈明白，如果自己再堅持，那是破壞了十月的幸福，但他還是忍不住的問易如風。

「易老闆，你不是只有初雪一個人，你要接受的，還有冷夏至。」

「什麼意思？」易如風不解：「冷夏至？他是你們的孩子？」

冷以烈定定的看著他：「您不是很愛初雪嗎？不管他是誰的兒子，你不會只接初雪而不要她的兒子吧？」

易如風不再說話，這也是冷以烈感到心寒和害怕之處，為了冷夏至，冷以烈內心十分糾結，這也是他為什麼不願面對易如風和十月他們母子的原因。

十月找到冷以烈，問他為何不回家？冷以烈反問她：「那是我們的家？妳有當我是這個家的主人？」

「冷哥，如果沒有你，你以為我活的下去嗎？」

一句話讓冷以烈幾乎揪心到不行，英雄有淚不輕彈，也就因為這句話，冷以烈再也不逃避，他明明白白的告訴她：「十月，妳不是一直想知道妳是十月還是初雪嗎？」

「我以前想知道，但現在不想了，我就叫十月，十月是你們給我的名字，我喜歡十月這個名字。」

「不！十月，不對，妳不叫十月，其實，妳真正的名字叫初雪，也是易如風一直想找的愛人，初雪，妳走，易如風在等妳，妳快回去他的身邊，不對，連夏至也是，他不姓冷，他叫易夏至，他是妳跟易如風的兒子。」

冷以烈拋下這句話，讓十月傻了，安靜了，再也說不出半句話。

冷以烈覺得，只要他能活在十月的記憶裡，哪怕是記憶也行，誰知十月卻像聽而未聞，什麼動作也沒有，一樣的上山採藥，一樣的為人義診，好像什麼事也沒發生過。

冷以烈不知道十月是怎麼想的，按捺了幾天，冷以烈見她不上心頭，為了十月母子的未來，他再也不能不忍痛的出手。

「我的生活全被你們母子給打亂，五年了！陪你們的時間還不夠嗎？既然妳已經找到了妳的愛人，妳就行行好放過我吧！小夏至該叫爹的人是他不是我！」

一向口齒伶俐的十月，這下心口胸口都給堵住了，一個字都說不出來，眼淚成了淚珠子直直掉了出來……

「妳走！我拜託妳！走！帶著妳的兒子，走！」

冷以烈推開十月，將自己關在房裡，關上了燈。

十月站在門口，直到燈熄了，難過的蹲在地上痛哭失聲。

房內的以烈坐在椅子上，痛苦的將頭埋在手裡。

房裡房外兩個世界，無情的雪又再度造訪，淹沒了整個世界。

第十一章

冷以烈還是找到易如風，明明白白的告知易如風：「初雪當時開心的想上山去教堂跟你結婚，誰知出了意外，當我發現她時，她不但糊塗了，還懷有跟你的孩子，為了她的處境，我跟她成了假面夫妻做了有名無實五年的夫妻。」

易如風原本他以為初雪是冷以烈明媒正娶的妻室，經過冷以烈這一說，他才知道，原來冷以烈只是個幌子，他跟初雪沒婚姻、沒關係，連兒子還是易如風的。

易如風十分激動，也感激冷以烈願意說出真相，更在這五年對初雪母子的付出、照顧和保護，是個十足的正人君子，他忙拿出一張可以讓冷以烈一輩子衣食無缺的銀票要補償冷以烈，誰知冷以烈看也不看金錢，卻當他的面把銀票撕了。

「我照顧他們母子是我的福份，你拿錢就俗氣了，但我唯一的條件，你一定要好好照顧初雪她們母子，萬一讓她們受到任何的委屈，我絕不會饒過你！」

冷以烈說完，一轉身，淒涼的寒風襲了上來，從今往後，他不再有家，不再有十月張羅熱騰騰的飯菜，更不會有小夏至迎在門口、一把抱住他，喊他一聲爹，甚至，不能把夏至舉在肩頭上、趴在地上讓夏至當馬騎，那是他的幸福，如今易如風把這一切收走了，雖是他自己心甘情願奉還的，但他還是不捨。

反觀江家，江映瑤得知冷以烈跟十月是有名無實的關係，甚至十月還懷上易如風的孩子，她心情十分糾結，尤其含青一直的阻止和提醒她。

「小姐，婚姻有先來後到，哪有什麼平權平妻之理，何況，之前也沒聽說，現在冒出了一個聲稱是姑爺的孩子，誰知道那個叫冷夏至的男孩究竟是不是姑爺生的？搞不好他們分明是見咱江家的財富，故意串通好要來騙錢的。」

江映瑤一開始還在為冷以烈和十月說話：「含青，沒有一個男人會為了錢去讓妻，更沒有一個為人母親的會讓自己的孩子叫別的男人爹，妳別把人性想的那麼醜陋。」

「小姐，妳太單純，也太好騙了，五年前那個叫初雪的女孩早就摸清也看到咱江家的底，當時明知道姑爺到處找她，為什麼她不來？等到五年之後，突然跑來，您不覺得這事有點邪門？」

「含青，沒這回事，妳別忘了，那位冷先生在咱們遭遇到那麼危險的時候，不但出手相救，還讓他的夫人來幫我治病呢！」

「小姐，您不覺得那時機也太巧了，我們一到，就有人上門要打要殺，而那位冷先生，咱們跟他非親非故，他又為什麼要幫咱們？不就是套好的，讓咱們欠他一份情不？」

「含青！冷先生不是說了，初雪妹妹糊塗了……」

「誰知道是不是裝出來的！不過，那些都不是事兒，最重要的是您沒為姑爺生下一男半女，現在冷先生夫妻有個現成的兒子，還說是姑爺的，姑爺現在被那個叫十月的把心都給挖走了，是非對錯早已失去判斷的能力，一旦把十月他們母子帶回來，小姐……您想過這後果沒有？」

含青的一番話，讓一向沒脾氣、事事以易如風這個丈夫為天的江映瑤，心底裡閃出一絲隱憂，是啊，易如風跟初雪本來就是一對生死相戀的愛人，他們彼此愛的瘋狂、愛的灸熱，她看過易如風當年為了初雪的死，撕心裂肺、崩潰到不願進她房間，如今讓他找到初雪，又有了兩人共同愛的結晶，把初雪接進江家，他們成了一家人，那我呢？我江映瑤該怎麼辦？

一想到這裡，江映瑤一顆心亂了分寸，抑鬱症又再度發作，但她強撐著沒告訴含青，獨自躺在床上左思右想，如果沒了初雪，也沒有夏至，那麼？……

江映瑤悚驚：「我怎麼可以有這思想？我愛如風，我就應該愛他所愛，疼他之子呀！」

這一天，十月帶著夏至去採藥回來，門外停著兩部黑頭車，她納悶，一進門，發現江映瑤和含青二人正坐在門口等著她，她一怔。

「易夫人，您怎麼沒通知我一聲就來？您要看病不必親自來，我可以去您府上呀！」

含青和江映瑤一見十月回來，忙站起來，江映瑤上前握著她的手：「十月……哦，不，初雪妹妹，我是來接妳跟夏至的。」

初雪矇了，不解江映瑤這句話是什麼意思？

江映瑤坐下來，執起初雪的手：「初雪妹妹，對不起，其實，我早就該來接妳跟夏至了，但當時緣份不允許，也讓我們不認識，才會遲到今天才讓我們相識。」

「不，易夫人，您太客氣了，我現在過的好好的，我從來沒想過改變目前的環境和生活，所以……」

「十月……不，初雪，妳忘了，妳是如風最愛的女人，以前沒找到妳也就算了，但現在你們已經相認了，難道妳不想回到妳最愛的人身邊？讓你們的孩子有個父親、有一個家？一家團圓？」

十月看著這個易如風的妻子江映瑤竟然這麼對她說話，她矇了，她歪著腦袋問江映瑤「易夫人，雖然我不明白我跟易先生的過去，但，愛情和婚姻是自私的，就他們說的，我是易先生這輩子摯愛的女人，一旦妳接我回去妳丈夫的身邊，妳真的受得住嗎？可以嗎？」

這下讓江映瑤不知如何回答，更不知如何面對，一個女人介入她的婚姻，跟她一起爭寵，就算再大氣的女人，看著自己所愛的男人天天跟另一個女人朝夕相處，讓她情何以堪？

江映瑤語塞，含青趁這個機會勸江映瑤還是回去，別在這裡找難看。

江映瑤深吸了一口氣，對著十月說：「初雪，我的愛情很簡單，我只希望易如風只屬於我一個人的，但很不幸的，妳卻在我之前跟他相愛，我沒有選擇，更不想退出，只能參與，初雪，妳可以成全我，讓我加入嗎？」

十月聽到也看到一個在上海灘名聲、權勢和財富淩駕在所有人之上的一個千金大小姐，卻為了易如風，這麼委屈的向她乞求加入她跟易如風的婚姻，她真的心疼也不捨。

「江小姐，妳不必這麼委屈，也不需要任何人的施捨，我只想知道，我可以退出嗎？」

江映瑤搖頭：「初雪，妳這麼說，分明是在扼殺我的機會，為了易如風，我求妳了。」

初雪心疼的去扶起她，不得不只好答應她。

江映瑤以一個大小姐之姿，忙幫她收拾衣物，外面有兩部車正在等著接他們母子二人。

「易老闆人呢？」

江映瑤向她解釋：「如風原本親自要來接你們母子，沒想到突然有客戶來，他很懊惱，本想不去，我告訴他了，我會跟含青來接您跟夏至，初雪妹妹，妳不會在意吧？」

「怎麼會，沒事。」

十月收拾了屋子，她以為可以假裝不在乎冷以烈，但，每收一件，就想起冷以烈在這屋子裡對她跟夏至的一切，她忍不住心酸啜泣。

同時，原本冷以烈已通知易如風來接十月母子，為了避免感傷不捨，他躲到一家酒吧買醉，不想面對這麼殘忍的一幕。

冷以烈想到過去他跟十月母子的相處，原本他不相信那是愛情跟親情，但，喝著喝著，他再也受不住，摔下酒杯就往家的方向跑，如果人生能夠重來，如果十月母子還不走，那麼，就算不計代價，他也要把十月母子留在身邊。

江映瑤和含青幫忙十月母子收拾好衣物，催二人上車，十月想到要把門鎖上，等於要把她跟冷以烈過去的一切鎖起來，她心情難受到極點。

十月想到她第一次睜開眼，發現自己置身在新世界舞廳的後台，當鳳姐告知她的身世，她相信了，誰知道冷以烈卻因此跟鳳姐幾乎鬧翻了天，為了她，冷以烈不但受傷，還帶她遠離那個是非的環境，不知道怎麼著，她覺得這輩子欠冷以烈太多、太多。

車子已經在門口等，含青催促她跟夏至上車，但她的一顆心還是放不下冷以烈，明知道冷以烈是躲著她、不願見她，但至少照顧他們母子五年，她真的好想當面向冷哥說一聲謝謝，偏偏等了好久，冷哥一直沒出現。

江映瑤見他們母子遲遲不上車，忙下車勸她

「初雪妹妹，妳放心不下冷先生，妳的情意我明白，但如風這時候應該在家裡等著，妳是不是應該先上車，等回到江家，一切穩定下來，妳想回來，我可以叫司機隨時載妳回來，哦？」

在江映瑤跟含青的聲聲催促之下，十月母子正要坐上第二台車，誰知冷以烈上氣不接下氣的趕回來。

夏至一見冷以烈，忙撲上前，一把抱住冷以烈，死抓住他，不願跟冷以烈離開。

「爹，你總算回來了，爹，你為什麼不要我？為什麼要趕我跟娘走？為什麼？」

一聲聲的為什麼，讓冷以烈心頭像一把刀刺的那般難受，尤其看到十月紅了眼眶、哀求的眼神一直盯著他，他好想把他們母子給搶回來。

但是，那又如何？就像易如風說的，人家家大業大，可以供給十月他們母子一輩子他給不起的權勢和財富，給他們母子一個家，還給夏至一個姓。

十月母子跟著他這五年來，他供不起一個家，付不出夏至的學費，十月也一直沒穿過漂亮的衣服、吃過洋式的大餐，更別說栽培夏至、圓十月想開中藥舖的夢想。

放手，是他最後的祝福。

看著夏至哭得滿臉鼻涕，冷以烈為他抹掉眼淚：「男子漢大丈夫哭什麼？你有點出息不？」

「爹……」

「別叫我爹，你不是我冷以烈的兒子，記住，你爹姓易，他叫易如風，明白不？」

「爹，你是不是因為我不乖，不要我了？」

「聽我說，夏至，你記住冷叔叔說的話，我真的不是你爹，能讓你叫我一聲爹，這是冷叔叔的福氣，現在他們要帶你去吃大餐、去唸書、去享福，快，大家在等你，你快上車。」

「我不要，除非爹跟我一起去，我只想跟爹在一起，沒有爹陪在身邊，什麼大餐、唸書、享福，我通通不要。」

夏至的聲聲呼喚讓冷以烈十分揪心，但為了夏至，他狠下心來，用力的甩開他，並說：「你不是我兒子，我沒有像你這麼不聽話的兒子，你走，聽到沒有？」

「爹，只要你別趕我走，以後我什麼都聽你的，爹？」

冷以烈眼眶紅了，淚奪眶而出，但仍強忍住，十月過來，乞求的看著冷以烈：「冷哥，我們可以不走嗎？只要你一句話，只要你開口，我什麼都不要，我只要你。」

冷以烈幾乎快崩潰，他好想說：「妳留下來！」

但是，他不能那麼自私，他必須學習什麼叫絕情、狠心，他偽裝冷酷：「你們母子也太自私、太纏人了，快回去易如風身邊，要不，誰敢嫁給我？」

「冷哥……」

「十月，過去這五年來，跟妳共過的幸福……我很知足，是時候了，我也該還給妳原本的幸福……」

冷以烈再也說不下去，把十月和夏至要送進第一部車，但含青卻說，這是我們家小姐的車，你們坐後面那部。」

冷以烈只好把十月母子送到第二部車，把門帶上，祝他們母子永遠幸福。

兩部車子一前一後朝前開去，夏至看著車子不斷的離開冷以烈，大聲的哭喊：「爹！爹……」

十月也崩潰，冷以烈在後面目送車子離去，他受不了，不捨的淚奪眶而出，拼命叫著十月和夏至的名字，怕失去車子的背影，不斷的邊追邊喊。

誰知開在前頭第一部車，卻突然轉了方向，兩輛車叉開路前去，冷以烈納悶，不放心邊追邊叫。

第二部車的司機往山崖邊突然打開車門跳出來，車子撞向山壁，連連翻了幾個翻，十月母子尖叫，車子朝斷崖摔了下去。

冷以烈驚見一名戴著威尼斯人面具、不知是男是女的人，正點了一把火，朝車子扔了下去，他驚駭大叫：「十月？夏至？……」

第十二章

冷以烈拼了命的朝山崖奔去，幾乎是哭著大喊十月跟夏至的名字，又怕來不及，他幾乎連滾帶跑的翻跌到穀底，一到車邊，他幾乎沒有多餘思考的時間和機會，快速的把渾身是血的十月先拖出來，這才發現夏至呢？

「夏至！夏至，你在哪裡？」

「爹……」

冷以烈聽到微弱的聲音，這才找到原來夏至被壓在車底，小小的身軀、大量的血不斷的湧出來。

「夏至，你撐住，爹馬上救你出來，你一定要撐住，聽到沒……」

冷以烈幾近崩潰的邊哭喊，邊使盡他這輩子所有的力氣要把車子翻過來，但車子太重，夏至看著冷以烈，邊喊疼，邊說：「爹，我有好好保護娘喔……爹……抱我……我好冷，爹！抱我……」

冷以烈哭著點頭，伸手去抱住幾乎被壓扁的夏至，在最後一刻，他把夏至抱了出來。

「夏至！我的孩子，我的孩子！」

夏至笑了，他用盡最後一點力氣說著：「爹……你的懷裡……好溫暖……好溫暖……」

說完這句，夏至一口氣上不來，斷了氣

冷以烈驚駭崩潰大叫：「夏至——」

「冷哥……」十月昏昏沉沉，一身全是血，似乎發現什麼。

冷以烈回頭一看，驚駭，衝上前，一把拎住，一把抱著夏至就驚惶的朝外跑。

不到三秒鐘，身後的車子像一團火球爆炸開來，冷以烈目睹這一切，仰天怒吼，向上蒼抗議！

「啊——」

一壞黃土，埋著夏至那小小的身軀，冷以烈每挖一手的泥為夏至覆蓋，就想起當年夏至剛出生，冷以烈是第一個抱他，當他眼睛睜開來到這世界，也是冷以烈，甚至，他為夏至洗澡、聽他叫第一聲爹……

不能，不能再想，冷以烈已經哭到撕心裂肺，而這時，天空也為他們哭泣，一掬同情之淚。

至於十月，她一身的傷，一直沉溺在惡夢之中，重複做著同樣的夢，孩子的叫聲，車子翻滾破裂的聲音，火光爆炸的聲音，她的世界好像毀滅了一般。

模模糊糊的她在雪地裡，開心的抱著一個高大的男子，準備跟他互許終身，她穿著白紗走在雪地上，夏至把白百合花送給她，夏至圓圓紅通通的笑臉，急速翻滾著，夏至尖叫抱著自己，夏至笑著離開的身影、皚皚的白雪，暈染開烈焰般的紅……

在夢裡，十月一直想拉住夏至。「夏至，不可以離開，聽到沒？快回來娘身邊，娘不能沒有你，夏至！夏至！」

十月想拉夏至，偏偏有另一隻手在拉夏至跟她對抗，十月崩潰，嘶喊叫著夏至：「別放手，夏至，聽見沒有，把娘的手抓牢一些，聽見沒有！」

「十月，妳醒醒，醒醒啊！」

耳邊聽到冷以烈的呼喚聲，十月好想逃離這個惡夢，偏偏惡夢一直纏住她，最後，夏至竟然不見了，她驚駭崩潰大叫：「夏至——」

她驚坐而起，看到冷以烈守在她身邊，她再看過去，忙抓著冷以烈追問：「夏至呢？我們的兒子夏至呢？」

「十月……」

「冷哥，剛剛我做了一個惡夢，夢到車子翻下山崖，然後爆炸，有人跟我搶夏至，說要帶他走，夏至那麼乖，他不可能隨便跟別人走的，對不對？」

冷以烈不知怎麼面對十月，十月急了，抓著冷以烈，追著他要人。

「冷哥，你說話啊！你怎麼不說話？夏至呢？你不是說要保護我跟夏至，現在我活生生站在這裡，那夏至呢？你是不是把夏至藏起來，故意要嚇我？冷哥，你達到目的了，你快把夏至還給我，我什麼都不要，我只要我的夏至，快把夏至還給我。」

「十月，夏至到天上去當天使了，他當天使了，都怪我，我沒盡到守護你們母子的責任，對不起！」冷以烈幾乎哭著向她道歉。

「你怎麼可以說這麼不負責任的話，你說謊，我的夏至還活的好好的，他那麼小，那麼天真，那麼單純，又那麼活潑，我的孩子……我的夏至……」

十月一聽，不能承受，她痛哭的抓著冷以烈，搥打他、罵他，幾乎哭啞了嗓子，直到再一次的昏厥過去。

至於江家這邊，易如風去了一趟西安，再趕回來時，以為可以看到初雪母子，沒想到一問到江映瑤，江映瑤卻不知如何回答。

「映瑤，妳不是要我去跟客戶談公事，說好妳要去接初雪他們母子的？那現在他們母子人呢？」

「如風，我……對不起……」江映瑤低著不敢面對。

「為什麼要跟我道歉？妳應該跟我說，妳已經安置好他們母子，應該說我們一家可以團圓了不是嗎？」

「如風……」

「說啊！初雪他們母子人呢？究竟發生什麼事？妳怎麼不說？」

江映瑤哭了出來，易如風更著急，含青一直在一旁目睹這一切，她再也忍不住跳出來把真相告訴易如風

「姑爺，車子打滑，摔下山谷，初雪小姐受傷，夏至少爺……死了。」

易如風一聽，驚駭，整個人跌坐在椅子上，久久地，一口氣差點上不來，易如風再也不能承受，激動、崩潰，別說江映瑤，連含青也第一次看到易如風如此失態，為了一個即將相認、卻連面也見不上的一個兒子，哭到歇斯底里。

「夏至是我跟初雪的兒子，我連面也沒見上，他就這樣走了，這一定是老天爺在處罰我，都怪我，要不是我，夏至也不會摔車，更不會死，都怪我……」

易如風不能承受，不斷的以頭去撞牆，自責到不行。

江映瑤忙跪下來向易如風懺悔：「如風，你別這樣，是我，都怪我，要不是我堅持讓你去接客戶，答應你會把他們母子接進門，今天也不會發生這個悲劇，對不起！對不起！」

含青也跪下來道歉，自責：「不關小姐的事，是我沒做好萬全的準備，讓易小少爺沒命，全是我不對……」

易如風哭到不行，不知道過了多久，當他冷靜下來之後恢復了理智。這才想起，上前去扶起江映瑤和含青。

「不怪你們，是我！我的兒子、我的妻子，應該由我親自去接，誰也不希望發生這麼不幸的事，孩子沒了，我再怎麼苛責妳們，也無法挽回夏至的生命，現在我只擔心，沒了夏至，叫初雪怎麼活下去啊？我又拿什麼臉去見初雪？」

是啊！江映瑤二人只想到孩子沒了，卻忘了孩子的母親的心情和感受，別說易如風，連江映瑤都不知道該怎麼面對初雪？

雖然易如風嘴上說不怪江映瑤，但江映瑤看到易如風像瘋了似的把自己的額頭撞到滲血瘀青，她默默的回到房間去，要含青別吵她，她想好好休息，含青也不以為意，就這樣，江映瑤再也沒再踏出房間一步。

含青一見江映瑤進去，冷著一張臉走出來，看著易如風額頭的血漬，她正要上前幫他塗藥，誰知常克行正好來訪，得知一切，他下意識的忙找江映瑤。

「小姐人呢？」

「她說她累了，回房去休息。怎麼了？」

「快帶我去見她！快啊！」

易如風納悶：「常老闆，她是我妻室，你怎麼這麼著急見她？」

「我叫你們快點，聽到沒！」常克行幾乎是吼著。

易如風二人似乎也嚇到，忙帶常克行去江映瑤房間，一開始敲門，裡面江映瑤一直沒回應，常克行急了，一腳踹開房門進去

易如風三人一進去，赫然發現江映瑤躺在床上，左手癱軟在床邊，血不斷的淌下來。

「天哪！小姐，妳的手怎麼會一直流血？」

「含青，快叫司機備車，馬上送醫院！」常克行邊吼，邊抱起臉色蒼白、幾近奄奄一息的江映瑤就往外跑，根本沒顧上易如風才是她的丈夫，而且還傻立在邊上。

常克行一行人一陣亂，易如風這才回神過來，原來江映瑤愧對初雪和易如風，竟然拿刀片自殘，天哪，怎麼會這樣？

江映瑤躺在病床上經過搶救，總算把命救回來了，醫生提到，送來再遲一些，恐怕易夫人會流血過多致死。

易如風直怪江映瑤：「為什麼要做這種蠢事？要是妳有個什麼萬一，我怎麼向岳父母交代？」

「小姐，我知道夏至的死，妳心裡很自責，但姑爺也說了，他不怪您，為什麼您要這麼

殘忍的對待自己？」

常克行見江映瑤臉色已慢慢紅潤起來，他那一顆懸著的心終於放下，但怒火全炸開來他一把揪起易如風的衣領，就直往病房外迴廊走去，江映瑤想阻止已來不及了。

常克行痛心，一拳又一拳的打在易如風身上。

「易如風，為了你一個婚前的愛人，你一次又一次的拿著這件事去精神淩虐和折磨映瑤，你究竟還是不是男人？你憑什麼娶了映瑤，卻又那麼殘忍的一再的踐踏一個為人妻子的尊嚴和底限，你這個混球，要是你不愛她，你把她還給我，讓我來照顧她……」

常克行幾乎崩潰，他不能承受他心中的女神江映瑤竟然為了愛易如風，委屈求全、苟延殘喘的活到這麼卑微，他心好痛、好痛。打易如風一點都不解氣，看到江映瑤的眼淚，他連殺易如風的心都有。

這時，江平之夫妻得知自己的獨生愛女竟然自殘，不能承受著急趕來，目睹常克行打易如風這一幕，江平之悲憤的都想出手。

「易如風，你個什麼東西？我好好一個女兒交給你，你居然讓她傷透心，差點連命都賠上，我不會放過你，我絕對不會放過你！」

易如風結結實實的挨了江平之一拳，打的他眼冒金星，整個人摔跌在地上，江平之又要出手。

「住手！」

原來是江映瑤，她在病房聽的一清二楚，她再也受不住，不顧含青的阻止，拔掉輸液，踉蹌的奔到醫院迴廊，不但喝止，還撲上去護易如風。

眾人錯愕：「映瑤？」

「不關如風的事，我不准你們打如風，他沒有錯，錯的是我，是我毀了他一家團圓的機會，是我沒盡到如風所託，把他所愛的初雪跟孩子接回來，是我讓他失去親生的兒子，還害他最愛的女人受重傷，是我，他沒有錯！」

眾人見江映瑤拼了命的保護易如風，怪江映瑤傻，罵她笨，但愛上了一個人，就算十頭牛去拉也拉不回。

一行人把江映瑤送回病房，在易如風的懇求、連哄帶騙之下，江映瑤像個孩子，滿足的接受輸液，直到她睡著。

江平之把易如風找到醫院中庭，問他怎麼打算的？易如風向江平之道歉，但還是堅持，把初雪接回家中，這是在當初就已經協議好的。

江平之又氣又惱，罵他沒本事把私事處理好，那個初雪還沒進來，就鬧出這麼一堆事，不但傷害我女兒，還讓映瑤受這麼大的委屈，連命都快賠上，要是讓那初雪進入江家……

易如風跪下來向江平之懺悔。

「我照顧映瑤不力，讓她在這段婚姻受到太多的委屈，等映瑤身體復原，如果映瑤後悔了，我決定放棄江家所有的一切事業，淨身出戶跟映瑤離婚，還她清靜平淡的日子，因為，我不配。」

面對易如風這樣的請求，江平之矇了，跑出來的含青目睹此狀，訝愕，連常克行也不敢相信。

江平之好想答應易如風這個請求，但，江映瑤如果知道了，肯定會活不下去，他好糾結，為什麼獨生的女兒會愛上這樣的男人？為什麼她這麼死心眼？為什麼？

江平之強忍住淚水，為了女兒，他不得不回絕易如風的要求。

「易如風，你給我起來，我告訴你，好好的照顧我女兒，如果再讓我知道她受到任何一絲絲的委屈，我絕饒不了你！」

江平之這席話，等於回絕了易如風的要求，為了愛女兒，再不濟、再不能忍，也只能順著女兒的心意，繼續接受易如風這個女婿。

而趕來目睹這一切的常克行和含青，兩個人各有心思，不，應該說一切的幻滅破碎了。

而另一邊的病房，十月還在跟死神掙扎求命，原本她想隨著夏至的離開，自己也不想活了。

但冷以烈在她耳際不斷的自責懺悔沒好好保護他們母子，錐心刺骨的自責，十月渾渾噩噩聽見了，她的人生就像跑馬燈、不斷的在她的現實和夢境當中上演著……

她不懂，為什麼老天爺要這麼折磨她？

冷以烈見她不斷沉溺在惡夢中撕心裂肺的狂吼、狂叫，他心疼極了，趁著她安靜下來喊口渴，冷以烈忙出去倒水，誰知卻在迴廊見到易如風，他原本憋著的一股氣全湧上來，一拳一拳的打著易如風，易如風只關心十月，不，我的初雪，她怎麼樣了？

十月躺在醫院，睡的含糊之際……

突然，她眼睛被一塊黑布矇住，一雙手掐住她的脖子，十月掙扎想叫，但對方似乎欲置她於死地，她無法出聲，眼前一黑……

第十三章

易如風一聽初雪就在這醫院，他忙懇求冷以烈帶他去見初雪，連常克行也跟著前來。

在病房沉溺在生死邊緣的十月，以為這次肯定沒命，誰知來人聽到門外不遠處有腳步聲，就在最危急的一刻，那人走了，十月一口氣差點上不來。

冷以烈三人一進來，聽到十月不斷的因被掐住而嗆咳，錯愕。

「十月，怎麼了？怎麼了？發生什麼事了？妳的脖子？……有人要傷害妳是不是？」

十月因受傷，加上剛剛又再一次歷經一場生死劫，她癱軟的偎靠在冷以烈懷中，說不出話來。

冷以烈心疼的抱住十月，易如風受不了，一把由冷以烈懷中搶抱過十月，揪心極了。

「初雪，我的初雪，對不起，我來晚了，讓妳受苦了！」

冷以烈被這一推，心裡很不舒服，他粗暴的上前，再度把十月搶抱回來。

「姓易的，你離十月遠一點！」

易如風沒料到，激動地：「冷先生，她是我的初雪，以前不知道就算了，現在我已找到她，無論如何我一定要接她回去，把初雪還給我，聽到沒有？」

冷以烈還沒說話，倒是常克行先發飆了。

「易如風，你別忘了，你的妻室江映瑤現在就在病房的那一頭，她才剛從死神手上把命搶過來，你不是應該陪在她身邊嗎？你怎麼還有那個心情在這裡跟別的男人談你的舊愛？你不覺得你太過份了嗎？」

「易如風，就因為你一句話，會給十月一個家，給夏至一個姓，我忍痛的把十月母子交給你，就是希望你能給他們母子一輩子幸福，結果，我才把他們母子交給你不到一個時辰，你不但傷害了十月，還讓她失去她最寶貝的兒子，現在你還敢跟我說要我把十月交給你？你憑什麼敢開這個口？憑什麼？」

冷以烈幾乎是狂吼出他的錐心之痛，緊緊的抱住十月，再也不放手了。

易如風如雷擊般的痛苦、難受跟愧疚，他自責的看著十月：「初雪究竟妳要我怎麼做才能彌補我對妳、還有咱們兒子的虧欠？只要妳一句話，就算要我馬上去死，我也願意，初雪……」

易如風三人看向驚嚇過後、癱軟的十月，從十月一雙空洞的眼睛望過去，她看到易如風的歉咎，冷以烈的心疼，還有常克行的無奈，但再也沒有比她無意中看到門口那個叫含青的女孩耳鬢後別著的一朵茉莉花更讓她悚驚。

十月害怕，緊緊的偎在冷以烈懷中，全身發抖不發一語，不看也不面對他們四人。

「初雪小姐，妳……沒事吧？」含青一雙眼在十月身上不斷的搜尋著，慢慢上前。

「別過來！」冷以烈忙喝止：「出去！你們通通出去！易如風，你聽著，我絕不會再讓十月離開我一步，就算拼了這條命，我也會把她留在身邊好好的保護她，走，給我走的遠遠的，聽到沒！」

易如風知道現在說什麼都無法面對冷以烈及初雪的憤怒，他不得不只好答應先行離開，但他還是留下話。

「我不會放棄初雪，等妳身體好一些，我再來見妳。」

常克行嘆了口氣，跟含青一起退出去，臨走前，含青耳鬢後的茉莉掉了下來，但她沒發現。

他們三人一走，十月由冷以烈懷裡掙脫開，隨即躺了下來，冷以烈一怔，這個動作讓他有點難受，但他還有更重要的事等著他去證實。

同樣的，十月心裡好多的糾結，更多的是一堆的問號，雖然兩人同處在一個病房，但各自有各自太多的疑惑和心事等著他們去把謎底揭開。

隔天一大早，冷以烈見十月仍在昏睡吊輸液，便交代護士幫忙照顧，隨即匆匆出去。

另一頭的病房，江映瑤在昏昏沉沉當中，似乎口渴，喚了幾聲含青和易如風，卻沒人回應，她拖著虛弱的身子，踉蹌的走在病房往茶水間方向走去。

她走了幾步，只覺得身後有人，她走慢，對方跟著慢，她走快，對方跟著走快，她納悶回頭，一看，嚇了她一大跳

原來是季朝陽聽常克行轉述，不放心跟來，果然發現易如風竟然沒守在她身邊，季朝陽又氣又心疼，上前去扶江映瑤，伺候她喝水，扶她回病房。

「朝陽，你這麼忙，克行還驚動你，對不起，讓你擔心了。」

季朝陽看著她手腕上包紮的傷口，又氣又心疼。

「映瑤，妳這是何苦呢？為了一個易如風，妳分到他一點點廉價的愛情，妳知道我們看了有多心痛、多難受嗎？」

「朝陽，你知道輕易得到的愛情，不能挑動我內心那顆不安定的靈魂，難度愈高，我愈想征服，你可以說我自作孽不可活，也可以罵我拿自己的愛情當兒戲，但，我是真心愛著易如風，我的生命不能缺少他，你明白嗎？」

季朝陽活生生的看到過去那個一心追求自由戀愛、又洋裡洋氣的江映瑤，竟然會在遇到易如風之後，把自己打回中國傳統女人的卑微地位，讓季朝陽真不能接受，但也讓他不得不佩服。

「易如風，你個好樣的，把自己的妻室扔在這裡，這算什麼？他人呢？」

沒有人知道易如風去哪裡。

同樣的，也沒人知道冷以烈又去了哪裡。

在出事的懸崖上，一名戴著威尼斯人面具的人不知何時到來，沒有人知道他從哪裡來，又要往哪裡去，甚至，他要在這裡等多久。

身後，突然傳出一陣腳步聲，戴著威尼斯人面具的人興奮開心的忙回頭：「你來啦？」

誰知他一回頭這一看，嚇到，她轉身想逃，但冷以烈身手矯健早一步攔在她面前，一步步的逼她：「你是誰？」

戴著威尼斯人面具的人驚慌失措節節後退，更不敢出聲。

但冷以烈幾乎已猜到幾分：「為什麼要傷害十月跟夏至？他們母子那麼善良，那麼單純，你怎麼可以千方百計要置他們於死地，為什麼？」

對方還是不吭聲，冷以烈眼見逼不出話，他趁對方來不及防備，一個箭步揭開威尼斯人面具，冷以烈錯愕，對方不但是個女人，而且還是含青？

「是妳？含青？」

原本含青還遮掩臉部不讓冷以烈看出，但冷以烈憑著她耳鬢別著的茉莉花已認出，索性她也不遮掩了。

「含青，妳一個丫頭好大膽，竟然敢做出這種傷天害理的事，妳不怕有報應？」
「冷先生，你有看到我做了什麼？沒憑沒據憑什麼對我下這麼大的指控？」
「十月他們母子搭車經過這裡，跳出了一個戴威尼斯人面具的人，還有，十月在病房差點被掐死，地上殘留著一朵茉莉花。」
冷以烈在地上撿起含青掉落的茉莉花出示：「這是妳習慣性戴的，不是嗎？」
含青仍委屈的狡辯：「冷先生，你不能因為我戴了茉莉花，就指稱我是兇手，殺人可是要償命的，你別瞎說！」
冷以烈一步步的逼近她：「含青，妳也知道，殺人是要償命的，威尼斯人面具、茉莉花，這些證據還不夠嗎？含青，我相信以妳一個丫頭，心思不可能這麼縝密，我問妳，是誰指使妳的？只要妳說出來，我可以為妳在法庭上求情。」
「別逼我，我什麼都不知道！」
「是妳的主子江映瑤對不對？說啊！是她對不對？」
含青被逼到懸崖邊，進無可進，退無可退，她索性豁出去了。
「好！我承認，確實是我想置十月他們母子於死地的人！」
冷以烈痛心。「果然是妳？含青，這是為什麼？妳一個軟弱的女子，妳有必要去傷害十月他們母子嗎？為什麼要殺他們？為什麼？」

冷以烈青筋浮暴，幾乎吼著問含青。

含青含著淚死也不肯說出為什麼。

「叫妳說，聽見沒有？還是我這就押妳到法庭上去說，啊？」

含青被逼到最後，她不得不，語帶玄機的說：「在愛情的國度中，即使我失去自己的生命，我也有想拼命守護的人！」

「妳這話是什麼意思？」

「其實我要的不多，我只是想要一份很簡單、很平凡的幸福，難道我這樣的要求過份嗎？過份嗎？」

誰知當含青說到這裡，她的腳一個撲空，慘叫一聲，整個人翻滾掉下懸崖，冷以烈驚，出手想去拉，但已來不及了。

含青在墜下山谷的同時，她驚惶的看到更遠的高處，有一個戴著威尼斯人面具的人，含青彷彿聽見冰的聲音、雪的心跳，她的一生及青春，為了一份愛和忠誠，掉進冰雪的死亡陷阱裡，斷了氣。

以烈驚呆，往山崖下看下去，含青看起來好小好小，雪花飄飄在她上頭緩慢地積了一層雪。雪花大如羽絨，希望含青一個人不會冷。

以烈嘆息離去，未見山崖下，一人悄然拿走了含青掉下的面具，大雨落下……

冷以烈帶著沉重的心情回到醫院，一進病房，發現十月不見了，他錯愕、害怕、著急，抓著護士問

「十月人呢？我不是叫妳好好照顧她嗎？她現在人在哪裡？」

護士也著急：「我去幫她換輸液，再一回來，她人就不見了，我也到處在找她。」

冷以烈又氣又急，一陣不安湧上心頭，而更讓他驚悚的事，他真的害怕十月出事。

「十月，妳究竟人在哪裡？」

冷以烈突然想到了江映瑤，他忙跑去找江映瑤，一進病房，易如風正準備接她出院，經冷以烈這一說，才知十月不見了，易如風激動

「初雪，妳到底在哪裡？」

冷以烈找了一天一夜，總算等到十月風塵僕僕的回到兩人租住的房子，冷以烈問她跑去哪裡？為什麼不告而別？妳知道我會有多擔心嗎？

十月向他道歉，並說：「下回出去一定告訴你，我累了，我回房休息，可以嗎？」

冷以烈直覺十月有什麼事瞞著他，但他不是一個會追根究底的人，尤其是對十月，這五年來，他們的相處早就成了一個模式，她想說自然就會說，要是她不想說，誰也別想讓她開口。

回到房間躺下床的十月，她循著她的記憶回到了家，她想起了有關於初雪的一切，想起

了她失去了的孩子，更想著家鄉的父母親，就這樣，她在醫院拔掉針管，虛弱的走出醫院。

當她千里迢迢的回到她的家「初安堂」，誰知道那裡早已成了一片廢墟，她震驚，不能承受。

村子還留著的人告訴初雪，早在五年前下初雪的前一天，「初安堂」在大半夜裡就給燒毀了，可憐的初老夫婦沒能來得及脫逃，村民還以為連初雪都死在火裡了，沒想到初雪還活著，村民還說肯定是人為縱火，初雪彷彿五雷轟頂，幾乎癱軟。

她死命奔跑來到了兩老的墳前，初雪哭喊著雙親，徒手挖墳，大罵自己不孝，沒想到當日與阻擋自己前去上海的二老大吵一架竟會是最後的一面，她還來不及跟兩老道歉、她還來不及告訴兩老他們曾有過孫子、她還來不及告訴自己有多愛他們、自己錯了、來不及……

初雪挖到雙手見血，直到泥水浸蝕著傷口，最後撫著墓碑痛哭，墓碑前雨水泥水摧毀著那雪白色的白百合……

初雪虛弱地回到了家裡，淋了大半天的雨讓她傷口再度發炎，整個高燒不斷，意識混亂的初雪彷彿見到自己冷冰冰地沒有記憶，初雪告訴自己不能倒、不能倒……

初雪退燒了，看著日漸頹喪的冷以烈，她得更堅強。

第十四章

易如風又要來找十月，誰知房東卻說：「他們搬走了！」

易如風一聽，錯愕：「搬走了？他們搬去哪裡？為什麼冷以烈沒告訴我？」

易如風從房東嘴上問不出冷以烈二人的下落，他十分崩潰：「初雪一定在懲罰我，我找了她五年，她怎麼可以再一次的不告而別，怎麼可以？」

冷以烈二人像斷了線的風箏，讓易如風從贖罪的心情好不容易走出來，現在一下子他的希望又歸零，人生又掉入另一波揪心、折磨和找尋。

他抱著一大束的白百合花，來到含青的墳前祭拜，內心充滿了感傷和感動，等他祭拜完，一轉身，嚇了一大跳。

原來不知何時，他已被常克行盯上，甚至一路尾隨，把這一切看在眼裡。

「常克行，你……？」

常克行逼迫上前：「易如風，含青跟你是什麼關係？她為什麼死？又為什麼你會在這裡祭拜她？這是為什麼？」

易如風語帶玄機的暗示常克行：「常老闆，我必須保護映瑤，您想想，對一個這麼忠心護主的丫頭，我能不代她的主人來祭拜、感謝她嗎？」

常克行一聽，矇了：「含青死了？怎麼會？你的意思是……含青的死跟映瑤……有關？」

易如風嘆了口氣，轉身落寞離開，他的一顆心，仍舊情牽在初雪身上，他不能承受初雪用這種方式在處罰他，連一點彌補的機會也不給他，好殘忍。

冷以烈二人就這樣，好像從世界消失一般。

江映瑤生病回到江家，又不見含青前來伺候，納悶，不斷追問易如風，易如風一開始還找理由，為的是擔心加重江映瑤的病情，直到江映瑤受不了，說要去報警找人，易如風不得不只好坦白含青已死了。

江映瑤一聽，十分震驚：「怎麼會？現在她在哪裡？快帶我去見她。」

易如風安撫江映瑤：「我已經代替妳找了一塊風光明媚的地方安置她下葬，現在外面起了風，雪也下個不停，妳身體才恢復，可以聽我的話，別去好嗎？」

一個忠心耿耿的丫頭，伺候她這麼多年，沒想到前一刻還陪在她身邊，怎麼下一刻就無緣無故死了？

「如風，你告訴我，為什麼？這是為什麼？」面對視如姐妹的含青的死，江映瑤突然覺得好孤單、好寂寞，更不解的是，她沒道理尋死啊？

易如風把江映瑤扳到他面前：「映瑤，妳看著我的眼睛別閃躲，妳應該比我更明白初雪他們母子一個死、一個重傷，這個悲劇是誰造成的？」

「如風，你這話是什麼意思？我不懂？」江映瑤矇了。

易如風哽咽的鬆開她：「映瑤，人都走了，再追究下去，只會讓更多的人受到傷害，我不想讓親者痛、仇者快，何況，初雪走了！她從我的世界走開，再也不願意讓我找到她，我找不到她了……」

易如風痛澈心扉的邊說邊離開，將房門帶上。

江映瑤一時還沒反應過來：「如風他這是什麼意思？難道他這是在苛責我？懷疑我嗎？含青，妳真傻，為什麼要死，妳這一死，我不是在如風面前含冤莫白嗎？含青……」

常克行不放心，前來找江映瑤，見她為了含青的死這麼自責，他打死也不相信初雪受傷、夏至的死跟江映瑤有關，但為什麼含青要自己跳出來做代罪羔羊？為什麼？

江映瑤難過又委屈的向常克行哭訴：「克行，如風懷疑我，他居然懷疑初雪那場車禍是我造成的，我怎麼辦？」

常克行也沒有絕對的勝算和把握，但他仍要釐清事實的真相。

「映瑤，這世界上沒有一個女人可以接受自己的丈夫心裡一直住著一個別的女人，我知道一開始她可以委屈接受，一旦這個第三者出現了，又見到自己的丈夫把她的生命放在第一位，卻把妳的生死拋在腦後，這樣妳也不在乎的去接受這個事實？」

江映瑤被問住了。常克行把她這個舉動看在眼裡，他對江映瑤的信任開始有些動搖，甚至，他有些害怕。

半晌，江映瑤說了：「克行，在我的愛情字典當中，我沒有一半的概念，我要的是全部，這只是一個女人最起碼、也應該得到的，不是嗎？」

「妳清醒了？」

江映瑤搖搖頭：「但是克行，你說我有那麼偉大嗎？其實那是騙人的，這輩子我最痛恨的是跟人家共同擁有一件東西！」

常克行悚驚了：「所以，妳？……」

「沒有！我說過，為了如風，你說我遭他下了蠱也好，說我傻也罷，對於他所愛的人，我雖有怨、有恨，但我下不了手，就算含青不斷的慫恿我，我情願折磨自己、尋求解脫，也不可能傻到對初雪下毒手、讓如風來恨我，不是嗎？」

「這麼說，含青的死？……」

「這丫頭好傻，也好忠心，她肯定是看不得我受委屈，瞞著我去做了那些傻事，克行，我對不起含青，這輩子再也找不到一個肯為我出頭、連犧牲自己也在所不惜的丫頭啊！」

江映瑤傷心不已，常克行似乎也猜出整件事的來龍去脈，他真的為江映瑤嘆不值

但，為了擔心江映瑤自責過深，他說會把一位新進的丫頭找來供江映瑤使喚，最重要的是，安置常克行所放心的人在江映瑤身邊照顧江映瑤，這樣他才能安心。

常克行心情沉重的約季朝陽見面，季朝陽看出他的臉色和心情不對，肯定是跟江映瑤有關，但也勸他

「克行，放手吧，你再迷戀，終究映瑤一顆心已被易如風鎖住，她逃不出易如風那無形的枷鎖！」

常克行意外：「季朝陽，你放棄了？」

季朝陽嘆了口氣：「我不知道多想把映瑤從感情的陷阱中將她救贖出來，但是，映瑤的心被易如風給填滿了，連個細縫都不願意讓出來，我再不甘心，也只能試著放手。」

常克行堅決的說：「朝陽，我不放心映瑤，這輩子我一定要永遠守護映瑤，直到我生命結束的那一刻。」

季朝陽十分感動：「克行，你瘋了，你知道你在說什麼？你這樣對映瑤的癡情，跟映瑤對易如風的迷戀又有什麼兩樣？難道你不想試著再去找個你愛、她也愛你的女孩？這樣的感情才公平不是？」

常克行苦笑：「當我第一天見到映瑤，我打心底裡就認定她將是我今生的新娘、終身的伴侶，沒有任何一個女孩可以取代她在我心目中的位置了。」

兩人對各自的感情觀選擇尊重，常克行見季朝陽眉頭深鎖，問他怎麼了？

季朝陽說他那塊已燒成廢墟的地乏人問津，但易如風卻一直找他開價，硬要以極低的價錢來收購他那塊地。

「你不缺這筆錢，就別跟他談不是？」

季朝陽心情沉重。

常克行看出，訝愕：「不是吧？你們天熹紡織一向生意紅紅火火，怎麼會？……」

「克行，我也不明白，這陣子以來，多出了一家不知哪裡冒出來的紡織廠，擺明跟我們天熹互搶生意，一些訂單被搶了不少，所以……」

「你的銀票軋不過來？所以你想賣？」

「克行，這是我最後的底線跟抉擇，你說，與其向銀行借款？或是把地賣了填補錢坑？哪個稱心？」

常克行總算聽明白了，說句難聽一點的話，易如風在商場經營事業，他還是有他自己那一套的生意經，常克行不願意說，但易如風卻是趁人之危，連情面也不留，這也是江映瑤和江平之夫妻欣賞他做生意的狠勁和霸氣，但對常克行來說，一邊是江映瑤的丈夫，一邊是他的髮小同學季朝陽，他真的裡外不是人。

江平之夫妻得知易如風這個女婿不但把江氏地產企業經營的紅紅火火，還一再的化不可能為可能的收購他們怎麼想也想不到的精華地段，江平之不得不佩服這個女婿確實有一套。

尤其當他們夫妻知道初雪母子發生的事，又聽江映瑤提及冷以烈二人從此消失在他們的感情世界裡，易如風把她捧在手心上疼，江平之夫妻總算安心了。

常克行介紹過來江家照顧江映瑤的丫頭叫紫嫣，人長得乾乾淨淨又很勤快，這讓長期思念含青的江映瑤，總算慢慢被紫嫣給取代、淡忘掉含青。

甚至說，江映瑤不想再提起含青為自己犧牲的往事，現在的江映瑤，沒有了初雪這個無形的第三者，她的抑鬱症逐漸好轉，但也不免還是擔心，究竟初雪為什麼會從他們的世界上消失呢？

其實，當初十月生了一場大病之後，她重新活過來的第一句話是：「冷哥，這裡有太多夏至的回憶，我們離開這裡，好嗎？」

就因為十月這一句話，為了十月能重新為自己活過來，冷以烈當下沒有第二句話，立馬收拾細軟就搬走。

記得那一天還下著細雪，冷以烈為十月披上鬥蓬大衣，先去上夏至的墳，她十分自責。

「夏至，我的寶貝，你曾跟娘說過，長大之後，要像個男子漢照顧娘，娘沒把這話上心，誰知道你卻在咱娘兒倆面對死神的時候，你用你那小小的身軀保護娘，我的心肝寶貝，你還這麼小，還沒見到你親生的爹，就用這種方式離開，夏至，見到你爹，我該怎麼面對他啊？」

十月再也受不住，拼命的徒手去挖墳，這舉動把冷以烈嚇壞了，忙上前阻止。

「十月，妳瘋了，夏至已經到天上去當天使了，他睡的很安詳，妳怎麼忍心吵他，快住手！」

十月悲憤的推開冷以烈：「夏至是我十月懷胎辛辛苦苦生下來的，我都來不及見他最後一面，你就埋了他，他在天上一定好恨，恨我這個娘怎麼這麼殘忍，連他走的時候抱也沒抱他，讓他一個人孤零零的離開，他一個小孩在這裡一定會害怕，我要抱抱他、陪陪他……」

十月雙手挖到全滲出血，冷以烈再也忍不住抱著她。

「十月，夏至是我的孩子，他走的時候，不是一個人，我緊緊的抱著他，怕他冷，怕他害怕，我把妳那份的愛也全算上，穿上妳為他一針一線縫的他最愛的衣服，還放了好多他想學習的書，他跟在老天爺身邊去學習去了。」

雪，一夕之間讓十月白了頭，這一年的雪，像淹沒這世界一樣，無邊無際的下著，十分淒冷。

十月祭拜完夏至，冷以烈要帶她去新租的一間民宅，但十月卻不去。

「那個易如風不是要來接我嗎？他那麼愛我，我不是應該去住在他家嗎？為什麼不讓我去找他？」

「十月，妳人都還沒到他家，就差點沒命，還失去了夏至，妳不覺得妳遭到了詛咒？妳還要去嗎？」

「冷哥，我知道你疼我，但我對初雪這個身分充滿了好奇，我想去當初雪，行嗎？行嗎？」

冷以烈定定的看著十月：「十月，我不知道妳來自何處，但在我認識妳的那一天，有人給我錢讓我殺妳。」

十月瞪大眼睛看著他，這是她清醒以來，第一次聽到她一直疑惑的事，但她沒讓冷以烈知道她已清醒一事。

冷以烈把十月給他那半隻金耳環邊為她戴上邊繼續說。

「我看妳那麼單純，又這麼深情，一心一意的想到山上的教堂去嫁給妳的愛人，還把這一隻金耳環當車費，看妳那麼期待幸福的樣子，我真的不忍心下手，就把錢給退了。」

十月聽到這裡，心情如潮水般翻滾，她沒想到她在糊塗之前，竟然有人要殺她？

「那天下起了百年難得一見的暴風雪，我送妳上山到一半，車軸壞了，就委託開汽車上山也拋錨的江家司機，但我沒想到我這一走，卻把妳推入死神之手。」

十月安安靜靜的聽著，這個舉動讓冷以烈納悶：「十月，妳知道了，怎麼不害怕？不生氣？不懷疑？」

「冷哥，我聽著呢！」十月心裡有太多的疑惑，但她不能問，不能說，她一心一意在拼湊她的記憶地圖。

「當我不放心，再度上山到教堂去，我以為妳正跟妳所愛的人舉行婚禮，知道妳沒事，我就放心下山，誰知道當我再度發現妳時，妳卻渾身是血倒在北上的火車軌道邊……我就知道，再也不能不管妳了。」

十月想起了那天獨自上山，卻無緣無故遭到雪崩，她在被大雪埋的剎那，看到一個戴著威尼斯人面具的人站在高處，從此，她就不醒人事。

等她醒來，已經在往北上的火車上，她著急的想看這裡是哪邊，誰知有人將她推下火車，就在她被推下去的瞬間，又是一個戴著威尼斯人面具的人。

十月真的不明白，她究竟得罪了誰？誰這麼殘忍的要趕盡殺絕，連她的父母、她的寶貝兒子夏至，甚至她也不放過？

十月真的悚驚極了！

第十五章

冷以烈見她紋風不動，很是奇怪。

「十月，難道妳真不想知道是誰造成妳人生這一場悲劇？」

十月怎麼不想知道，她多想啊！想到連殺人的心都有，但她怕冷以烈太莽撞，更不希望把冷以烈捲入她這團迷霧當中，跟她的父母、夏至一樣成了犧牲品，她選擇繼續糊塗。

「冷哥，對一個沒有過去、沒有故事的女人，那是很幸福的事，為什麼你要那麼殘忍的告訴我這些？」

「十月，本來我不想告訴妳，但妳堅持要住進易如風他家，我不得不告訴你，含青，也就是易夫人的貼身丫頭正是造成妳跟夏至天人永隔的兇手，而她，也活生生受到老天爺的懲罰，在那場車禍的地點摔下山崖死了。」

十月心裡好痛，像千萬把針在紮，但她沒表現出來。

「十月，我已把所有的事全告訴妳了，這樣妳還是要去找易如風？你別忘了，他的妻室姓江，叫江映瑤，他已經不再是一個只擁有妳、愛妳的人，而是有妻室、有婚姻的有婦之夫，妳要是進入他家，就成了介入人家婚姻的第三者，這樣妳也可以接受？可以去面對嗎？」

冷以烈擔心她開口，就在她開口的那一刻，他說：「十月，不管易如風之前是怎麼跟妳相愛，又怎麼跟妳許下山盟海誓，但，現在妳得想清楚，為了這一段愛情，你們還沒在一起，就發生那麼多的事，妳現在還有勇氣回到他身邊、大談你們的愛情嗎？」

十月不再說話了。冷以烈趁她還沒清楚之前，連忙把她接到新租的住處，十月似乎也要想清楚，她、易如風跟江映瑤之間的關係。

而最重要她願意去妥協的是，冷以烈的一句話：「十月，打從我認識妳到現在，為什麼有人要買兇殺妳？妳知道妳的敵人又是誰？妳不覺得那個敵人很有可能就在妳身邊？偏偏除了我，妳不知道誰想殺了妳，妳不覺得可怕？」

沒錯，冷以烈提醒了她，她必須好好的想清楚整個事情的來龍去脈，這樣她才能去面對和解決。

冷以烈安頓好十月，他才回到鳳姐和玥玥的房子，鳳姐一見到他，又喜又怒，一迭連聲的氣罵。

「冷以烈！你總算出現了？你還有沒有把這裡當自己的家？把我跟玥玥當成自家的姐

妹？你有必要為了一個來路不明的女人，棄這個家於不顧，一消失就是五年，你有想過新世界舞廳趙老闆已經老了需要你嗎？你又有想過杜老闆虎視眈眈的就想置我們新世界舞廳於死地嗎？你個沒良心的東西……」

冷以烈一動也沒動，任著鳳姐把這些年對他的思念和氣一股腦的發洩在他身上，能出氣、能罵出來，就代表鳳姐沒事了。

「鳳姐，對不起，對不起！」

接下來還有玥玥，她吃味的又抓又咬、又不捨的埋怨冷以烈

「冷哥，從小你就說你會照顧我，結果，這五年來我差一點讓人欺負，我這是叫天天不應，叫地地不靈，那時候你在哪裡？要不是小刀陪著我，也許我早就成了殘花敗柳的過氣舞女，你怎麼可以這樣對我，怎麼可以……」

冷以烈抱著她，哄著她，向她道歉：「玥玥，對不起，讓妳受委屈了。」

這時小刀也來了，看著玥玥緊緊摟住冷以烈，他是真難受極了，一直以來，玥玥是真心的喜歡冷以烈，他雖然知道，但冷以烈就像他的大哥一樣，他不能也不敢向玥玥表白，除非冷以烈娶了別的女人，否則他不能動玥玥的念頭。

「冷哥！」

冷以烈三人一見小刀來，冷以烈示意他出去等，小刀會意，出去。冷以烈問鳳姐

「現在新世界跟趙老闆怎麼樣了？聽小刀說的，趙老闆的身子骨跟舞廳的大權岌岌可危，好像挺嚴重的？」

鳳姐嘆了口氣：「以烈，回來幫我跟趙老闆，可以嗎？可以嗎？」

冷以烈看著鳳姐，她的頭髮不知什麼時候冒出了幾根花白的頭髮，再看向玥玥，什麼時候她變得這麼瘦弱？

冷以烈好想答應，但現在十月比她們還需要他，他怎麼能放手？

「鳳姐，玥玥，再給我一點時間，我一定會回來，求您了。」

冷以烈說完，不顧鳳姐和玥玥在後面叫罵，他還是含淚狠下心走出去。

冷以烈一出去，交代小刀，他人在哪裡，並要小刀一定要照顧好鳳姐、玥玥和新世界舞廳，最重要的是趙老闆，千萬不能便宜杜老闆。

小刀頻頻點頭，冷以烈再問他，叫他去調查的事，可有消息？

小刀心情沉重，告知他查到一些私密的事，冷以烈皺眉，似乎更不放心十月的事。

季朝陽面對易如風搜購他的那塊地，雖然知道那場火災是有貓膩的，但他無憑無據，尤其易如風又是江映瑤的丈夫，他再怎麼想，也覺得易如風不可能這樣對待他。

這回國外有一筆訂單在招商，在商言商，他當然是能搶下一筆是一筆，沒想到另一家新冒出來的紡織廠也來搶，當然，投標是最公平的方式，無論如何，價高者得，這是不滅的定律。

也許國外廠商知道他們天熹是老字號，雖然少對方一些錢，最後還是把訂單給了他們天熹，這對季朝陽來說，是一件開心的事，他怕到時出不了貨，網羅了不少新的工人加入，日夜趕工，以期到時能如期交貨。

而常克行這邊，洋行在他的經營之下，也就平平順順，就因為他的生意太順利，讓他多了一些時間，時不時就去探望江映瑤。

明著是他們是遠方親戚，其實誰都看的出來他對江映瑤的關心已經超乎遠親、甚至易如風了，這令江平之夫妻感動，但也擔心易如風的感受，偏偏易如風全心投入事業，似乎十分放心江映瑤，這又讓江平之夫妻心情十分糾結，江映瑤太孤單了，有個髮小的常克行陪她聊天，也許可以激化易如風的醋意，這也未必不是一件好事。

江映瑤的一門心思全在易如風身上，每晚都在大門口等著，不管寒風刺骨，或者炎熱的夏天，只要看到易如風的身影，察看他的臉色，陪他笑、陪他擔憂，就算紫嫣如何阻止、擔心她的身子骨發熱、發涼，但還是阻止不了江映瑤等門的決心。

當然，易如風也不是一個不體貼、不溫柔的男人，他一回到家，看到江映瑤，不管公事再忙，他一定摟著江映瑤回飯廳，陪她一起吃飯、喝湯藥，盡一個為人丈夫的責任，連一旁伺候的紫嫣看的都嫉妒又羨慕。

「夫人命真好，有一個這麼把您捧在手掌心的先生，太令人羨慕，要是我是夫人您，就算要我現在幸福的死去，我也甘之如飴。」

「別說瞎話，先生是值得我愛的男人，這個幸福是我向老天爺借來的，不管能幸福多久，也許三、五年，幸運的是一輩子，但天底下沒有不勞而獲的愛情，幸福終究還是要還的。」

江映瑤真是出自心底說出這番話，她真的不敢多想，她內心十分糾結，又希望找回初雪，希望易如風得到幸福，卻又擔心他們的婚姻卡了一個初雪，她真的可以得到幸福嗎？可以嗎？

她真的很害怕，如果初雪永遠消失，那麼？……

不，含青因為她自己的一個念頭，竟然傻到做出傷害初雪的事，讓初雪和易如風失去親子之痛，也折損了含青這樣一個貼心的丫頭，讓她付出慘痛的代價，她不行，也不能再有這個念頭，只是，初雪究竟為什麼會失蹤？為什麼？

但這一天對季朝陽來說，卻是晴天霹靂，原本談好的國外訂單，如期說好要交貨，誰知等了幾天，對方付了首期的訂金之外，從此就消失，也找不到連絡方法，成品幾乎塞爆了整個倉庫。

常克行得知，忙趕來關切：「對方是國外哪家公司？當初你們是透過誰去訂這個合約？你只拿到一點訂金就接單是不是太危險了？」

面對常克行一連串又氣又著急的質問，季朝陽被問住了，他真的沒想到他們季家三代經營的事業，一向講究的是信任和信用，這一回竟然栽在外國人的手上，讓他措手不及，連打官司都找不到對方究竟是誰？

常克行為他不平，也透過海外關係去調查，才知對方是註冊的空頭公司，也就是，有人故意要弄垮天熹紡織公司？但沒道理啊！季朝陽三代做生意以來，一直與人為善，以和為貴，在商場上從沒傳出得罪過誰，季朝陽單純的想，只能自己怪自己太相信外國的廠商，願意認賠出局。

但常克行卻不這麼認為，直覺肯定有人要弄垮他，善良如季朝陽怎麼想也沒想到，自己的人生確實去擋到了別人的路。

十月一開始還在猶豫掙扎，但在一次無意間親耳見證了一件事情，加上那時候，竟然有人在巷道轉角無人處，戴著威尼斯人面具、身穿黑衣的人竟然要殺她，她嚇的忙逃跑，對方似乎欲除之而後快，她跑著跑著，突然，她再也不跑了，她急停下腳步，狠狠的一轉身，那人似乎發現什麼，竟然跑了。

十月想追，卻被易如風發現給叫住，易如風激動的一把上前抱住她。

「初雪，妳好殘忍，為什麼要躲我？妳回來我身邊，我再也不能失去妳，沒有妳的日子，我生不如死，我求妳了，求妳了。」

對十月來說，當她是初雪的時候，她瘋狂的愛著易如風，就算發生那麼多次的事、出了那麼多的意外，此刻的她，對易如風的愛有加沒有減，現在她恨不得立馬投入易如風的懷中。

只是冷以烈的提醒，要她好好想想，為了一圓她的愛情，為了易如風，她是怎麼弄得家破人亡才走到今天，她不知道究竟是誰想殺她，但她從來沒對這段愛情懷疑過，會不會是她擋了某個人的幸福？

面對易如風的愛，她真的好動容。「易老闆，雖然我不明白初雪小姐在你心目中是有多重要，但我得回去想想，能夠得到易老闆的疼惜和憐愛，那是多幸福的一件事，可不可以讓我跟冷哥談一下？」

易如風一聽，開心的流下喜悅的淚水，他說：「這回我一定親自接妳回家，不假他人之手，哦？」

回到家的十月，坐在屋脊上，就算天涼了，她也不知想什麼想到走神，冷以烈在屋內找了一陣沒找上，最後在屋脊上看到她，見她冷，忙脫下外套為她披上。

「十月，妳在想什麼？」

十月回過神來，她笑笑的看著冷以烈，兩人仰躺在屋脊上看滿天的星斗。

「冷哥，大家都說初雪小姐是一個很迷人的女孩，你見過她，你覺得她是一個怎麼樣的女孩？」

冷以烈苦笑，想了一下。「她真的很美，不管過去、現在及未來，誰見了她，誰就會愛上她。」

十月躺在冷以烈的身邊，她好想告訴他一些什麼，但又不能說，她的人生太多災難，她不想讓太多她身邊的人跟著陪葬。

冷以烈似乎想起什麼，忙看著她：「十月，妳是不是？……」

十月不待他說，忙指著天上：「冷哥，流星耶，聽說看到流星一定要許願，這樣才會得到幸福，快！」

冷以烈閉上眼睛忙許願，久久地，等他再睜開眼睛時，十月卻莫名感動的流下喜悅的淚水。

冷以烈納悶，問她為什麼流淚？十月說：「冷哥，我要離開你了，我要去江家扮演初雪小姐的身分，體驗一下易老闆對初雪小姐那瘋狂的愛會有多炙熱，哦！」

冷以烈十分著急：「十月，妳可不可以不去？」

十月明白冷以烈的心情，她強忍對冷以烈的不捨，笑笑的看著他。

冷以烈納悶：「十月，為什麼這樣看著我不說話？」

「冷哥，我要把你今天的樣子永遠記在腦子裡，我怕這一去將來我會忘掉。」

冷以烈再也受不了，緊緊的抱住十月：「十月，別走，留下來，別離開我，可以嗎？求妳了！」

十月糾結了，在這個星空下。

第十六章

一大早，十月收拾著衣物，當她看到夏至從小到大穿過的衣服、鞋子，還有冷以烈為她做的好幾十隻蜻蜓，心裡一陣酸，但這回她沒流眼淚。

冷以烈看在眼裡，原本是擔心十月的情緒會潰堤，但出乎他意料的是，十月的情緒十分的反常，這才讓他更害怕。

「十月，這些就別帶走了，留我這兒，哦！」

十月含淚笑望著他：「冷哥，你忘了我現在要回去當初雪小姐的，夏至是我十月的孩子，這些恐怕要讓你幫我保管，只有交給你，我才能放心。」

冷以烈難受點頭，並為她披上外套。

「十月，走，我送妳去江家。」

「易老闆不是要來接我？」

「我要親自送妳去，這樣我才放心。」

「好！我聽你的！謝謝冷哥！」

冷以烈讓十月坐在黃包車上，一旁放著行李，兩人從家裡出發，一路上，每走一步，對冷以烈來說，都是揪心、滿是不捨，更多的是擔心和害怕。

而對十月來說，要回到她最愛的易如風身邊，重新換回初雪這個身分，她是踩著夏至、初家父母身上的血走過來的，她一定要得到幸福，要不，他們三人的死就白白犧牲了。

冷以烈拉著黃包車，十月坐在上面，這一段路對二人都是糾結，十月笑笑的說。

「冷哥，你說當初你沒把初雪小姐送到她最愛的人身邊，這回你要親自把她送去，是不是應該給她一些祝福，這樣你就不會再有遺憾了對不對？」

冷以烈其實他早已淚流滿面，但十月沒看到，冷以烈邊拉邊說。

「從小到大，我一直過著打打殺殺、有今天沒明日的日子，我一直不敢把我的感情放進任何一個女人的身上，我怕辜負她們，直到認識了一個叫十月的女孩……」

十月坐在黃包車上，她亦是淚流滿面，但她不敢出聲，怕這一出聲，她會失去勇氣繼續坐在黃包車上，只能安安靜靜的哭著。

冷以烈繼續說著：「我不知道她的來處，也知道她糊塗了，我對她不敢癡心妄想，只希望每一天能看到她幸福的笑容，但我知道，她不可能永遠糊塗，總有一天她會清醒，她一定會離開我，現在，我知道借來的幸福有一天終究是要還的，我真心希望她能得到幸福、快樂，真心的……」

「冷哥，你會不會太傻了，憑什麼她得到幸福，而你卻要忍受失去的痛苦？」

「因為我愛她，愛一個人，就是希望她幸福，只要她幸福，我就可以得到快樂。」

這是十月認識冷以烈以來第一次聽他說了那麼多的話，十月和冷以烈哭到不行，但彼此都沒讓對方發現。

這一路上，兩人沒有再說話，彼此都知道再也不能失去對方，只是，誰也不會輕易開口，一旦開了口，好多的謎霧就無法撥開。

易如風開心的開車親自要來接初雪，誰知冷以烈租住的房東說，冷以烈一早就親自把十月送走了，易如風錯愕。

等易如風開車趕回江家，只見冷以烈正送十月到江家大門口，易如風著急，忙下車前去迎接十月，還埋怨她

「初雪，我不是說了親自去接妳，妳怎麼還自己來？萬一在半途上出了事，之前也不是沒有過……」

十月笑望著他：「易老闆，冷哥送我呢，他是我最親的人，你有什麼不放心的？」

冷以烈把十月的手交到易如風手上。

「易老闆，現在我把十月交給你，我希望你能好好的照顧她、憐惜她，要是讓我知道你

讓她受到任何一絲絲的委屈，我絕不饒過你。」

「冷先生，你大可放心，初雪是我這輩子最愛的女人，我一定用我所有的生命來保護她，讓她幸福。」

「希望你說到做到。」

冷以烈轉身難受的看著十月：「十月，我會隨時在妳身邊，不會走遠，明白嗎？」

「十月，妳一定要幸福，一定要幸福。」

冷以烈把一隻竹蜻蜓放在十月手掌心，轉身難受的大步進去。

十月手裡緊緊握住那隻竹蜻蜓，她的心比誰都明白冷以烈對她的情意，她好想叫住他，只要她一句話，冷以烈肯定會飛奔回來，甚至，她也可以求易老闆給冷以烈在江家找一份就近照顧她的工作

但她不能，易老闆也不會願意，何況，她是以初雪小姐的身分住進來的。

「初雪，快，咱們進去。」

易如風開心的扶著初雪要進去江家，誰知一腳還沒踩進去，就被江平之夫妻給喝止：

「站住！」

易如風二人錯愕回頭，只見江平之夫妻臉色十分難看，攔在二人之前。

「岳父，岳母，當時我要娶映瑤的時候，咱不是把話說清楚了，現在您二位這

是？……」

江平之夫妻二人被問住了，但是又不甘心自己的女兒受委屈，江平之擺明就是一副強硬態度。

「過去是過去，現在是現在，今時不同往日，我不可能讓你收房。」

「岳父，您是上海灘大名鼎鼎的商界大老，您過去教我在商界要守信用、重承諾，如今您怎麼可言而無信呢？」

江平之嗆住，這下換成江夫人轉向初雪喊話

「妳叫初雪是吧？」

十月一副茫然的看著易如風，易如風忙提醒江夫人

「岳母，她糊塗了，但她卻是我這輩子最愛的人，她叫初雪沒錯。」

「初雪小姐，我不知道妳是不是糊塗了，如果妳是一個有教養的女人，那麼，妳應該明白，沒有一個女人願意跟別的女人一起共同分享一個男人，妳的父母難道沒有教妳什麼叫做女人何苦為難女人嗎？」

「岳母！」

江夫人不給易如風機會，繼續再說：「我知道妳的目的是什麼，這樣吧，我讓管家給妳一張足夠妳一輩子豐衣足食的銀票，妳帶著這些錢走的遠遠的，別再來影響我女兒的婚姻，

這樣總可以吧？」

易如風氣壞了，他擋在十月面前，態度強硬地。

「岳母，您以為錢就能買斷我跟初雪的愛情嗎？您太羞辱我，也太看輕初雪了，她不是一個用錢就可以買斷的人，請您自重，別落得一句欺人太甚！」

「你？……」

「岳父、岳母，如果您們不讓初雪進門，那好，我帶初雪走，走的遠遠的，這總可以吧？」

江平之二老一聽，著急了，一副不知所措，又氣又惱又無奈。

十月一直不吭聲，她很想看清這個易如風是如何的在江家為初雪小姐爭取一直以來他口口聲聲所說的愛情，現在易如風拿他一輩子在江家的事業、婚姻當賭注，力保他和初雪小姐的愛情，她感動，也相信了。

就在她想開口時，江映瑤出現了，她忙上前，握住初雪的手。

「初雪妹妹，我等了妳半天，妳總算來了，走，我帶妳進咱家，哦！」

江平之忙喝止：「映瑤，妳進去！」

「爹！」

「初雪，咱們走！」易如風要帶初雪走。

江映瑤著急，急拉二人。

「你們兩人都不許走，沒有你們的婚姻，我這算什麼？」

初雪還是不吱聲，她就像一個小孩，等著大人們去決定她的人生和命運一般無助的看著。

易如風為了初雪，幾乎豁出去了，江映瑤又慌、又委屈，堅決不放二人走。

江平之夫妻是既恨易如風太絕情，又怨自己的女兒太癡情，最後，江平之捨不得女兒，終於開口了。

「要進江家門，行！當初說好的，娶妻高調娶，低調收房，也就是，初雪要進江家大門，那是不可能，要走就由後門進，這已經是我們最大的底限跟讓步了。」

「易如風，初雪小姐，我們成全你們，你們也該為我女兒映瑤的立場設想，我們這個條件過份嗎？過份嗎？」

江平之二老已把話說到這份上，易如風也就見好就收，只是他十分擔心初雪，忙看著她。

「初雪，對不起，讓妳受委屈了。」

眾人看著十月，十月看著易如風，再看向江映瑤，江映瑤仍握著她的手：「初雪妹妹，今天妳給我這份情，將來我一定會想辦法彌補妳，哦！」

就這樣，易如風帶著初雪由後門的小徑走進江家，一來保住了江映瑤的面子和地位，二來也如了江平之夫妻的意。

再一次踏進江家，十月看到易如風為初雪造的初雪樓，她十分好奇，懇求易如風可否讓她進初雪樓一探究竟？

易如風還來不及做出反應，就被江平之夫妻叫進去說話，十月一個人帶著很大的好奇心，她推門進去，這一看，她驚呆了。

而同時，易如風被江平之夫妻叫進去大廳，當著江映瑤的面前，一再的叮囑他。

「如風，我就映瑤這個女兒，為了她一句話，我再怎麼不樂意，也不得不接受你收房，但你一定要記住，好好的對待映瑤，要是有一天讓我知道映瑤受了委屈，我肯定把之前投注在你事業上的資金全部收回，我說到做到，聽明白了嗎？」

易如風還沒吱聲，江映瑤已早一步幫他圓話：「爹，您放心，如風早說過了，他會待我跟初雪妹妹沒分別心的。」

「那就好。」

江映瑤和易如風送走了江平之二老，她看出易如風不高興，忙安撫他：「如風，爹跟娘沒別的意思，你別把他們的話放在心上，哦！」

其實，易如風怎麼會不上心，江平之二老動不動就用金錢、資金在做籌碼綁架易如風的人和心，為的就是希望他能對江映瑤好，就算他怎麼體貼、怎麼照顧、怎麼保護江映瑤，只要一提到初雪，江平之夫妻就像刺蝟一樣，一再的拿錢來恐嚇易如風，他真的受夠了。

但一想到初雪，他似乎就釋懷了，只要江平之二老願意讓他把初雪接到江家，一圓他們兩人的愛情，可以朝夕跟初雪相處，這就夠了。

十月整個人跌坐在椅子上，望著初雪樓內，白色的帷幕，白色的頭紗，白色的蠟燭，白色的花……她矇了，原來易如風認為初雪小姐她喜歡的是純白色的任何東西？

易如風匆匆推門進來，他臉色是蒼白的，尤其看到初雪一張疑惑的臉，他忙上前抱住她：「初雪，今天……讓妳受委屈了。」

十月見他臉上的表情那麼複雜，她笑搖著頭：「易老闆，為了我，反而讓你承受不少委屈，應該道歉的人是我，對不起。」

「不要叫我易老闆，我是如風，是易如風，妳最愛的人，為什麼要這麼見外？為什麼？」易如風憤怒的吼著。

十月沒吱聲，疑惑的看著他，易如風猛然一醒，忙向她道歉，並呵護她：「初雪，對不起，我不是惡意的，我……」

「我明白，我知道為了讓我進這個家，你肯定受了不少的氣，該道歉的人是我。」

這時，門外有人敲門，打斷了十月和易如風，十月要起身，易如風要她坐著，他出去就好。

易如風一出去，十月鬆了口氣，雖然易如風是她這輩子心心念念所愛的人，但畢竟他已娶了江映瑤，十月心裡還是有著嚴重的失落感。

易如風再進來，有點為難的看著她，十月見狀，納悶。

「易老闆……不對，如風，怎麼了？」

「映瑤要妳去她房間……其實，她是正室，妳是側室，按照禮數，妳是應該向她敬杯茶……初雪，妳也可以拒絕，但，她願意成全我們，所以……」

見易如風說的為難，十月也十分識大體，忙起身。「好，我知道了，我去。」

十月在江映瑤陪侍的丫頭紫嫣的陪同下，來到了江映瑤的房間，紫嫣把托盤上擺著一杯茶交給了十月，讓她一個人進去敬江映瑤，十月點頭，紫嫣退了出去，十月捧著茶盤，深吸了一口氣，輕敲了敲門，推開門走了進去。

「映瑤姊姊，初雪來敬大姐一杯茶了。」

十月推開門，一進去，發現江映瑤房間沒人，她一怔，想起了之前在這個房間，她曾經進來想為江映瑤治病，沒想到江映瑤不在，而是易如風激動的直叫她初雪，那時的她嚇壞了。

如今再進門，不知怎麼的，見到房間沒人，她心裡有著忐忑不安的心境，正當她納悶、不知該進還是該退時，突然窗外出現一個戴著威尼斯人面具的人，一時之間她嚇得尖叫，手一鬆，茶盤摔在地上。

「啊——」

第十七章

易如風二人一聽到江映瑤房間發出十月的尖叫聲跟茶盤打碎的聲音，二人忙奔來。

「發生什麼事了？」

「初雪妹妹，怎麼了？怎麼了？」

十月再抬起頭來看向窗外，那個戴威尼斯人面具的人不見了，她驚甫未定的跌坐在地上大口喘著氣，易如風忙扶她坐到椅子上，初雪一時還沒回過神來。

紫嫣這時聽到易如風的叫聲，這才急急忙忙奔進來，邊打掃一地的碎片，邊納悶地

「二太太，剛剛不是端茶進來要敬大太太的，怎麼會？……」

十月慢慢的回過神來，她見易如風三人那麼著急擔心的看著她，她反而鎮定的向易如風二人道歉。

「如風，映瑤姐姐，沒事，我一不小心手滑，把要敬的茶給打翻了，驚動你們，害你們擔心了，對不起。」

易如風三人鬆了口氣。

「沒事，敬什麼茶呢，妳能住進來，如風開心，我也有個伴，一家齊齊整整的就好，哦！」

「不！該要的禮數還是要。」

在十月的堅持之下，江映瑤坐到椅子上，紫嫣備好茶，十月接過茶，蹲下來雙手敬江映瑤。

「映瑤姐姐，妹妹不懂禮數，以後還指望姐姐能多給妹妹指導。」

易如風和紫嫣看著江映瑤，江映瑤看著初雪，心情十分迭宕，忍不住淒涼的笑起來。

易如風三人納悶。

「映瑤，怎麼了？」

「為了喝這杯茶，我足足等了五年，這五年來，我一顆心老是懸著，怕找不到我丈夫的愛人，又怕找到她時，她已不在這世界上，我的丈夫肯定活不下去，現在找到了，我的丈夫開心了，我應該是幸福的、滿足的，可怎麼我的心卻好酸、好淒涼。」

「映瑤？」易如風見她泫然欲泣，十分尷尬，忙上前按按她的肩膀，感激她：「對不起。」

江映瑤摸摸易如風搭在她肩上的手，繼續說：「如風，在這世間上，有哪一個女人願意跟人共用一個丈夫？如果愛不夠深、情不夠濃，根本無法面對外面笑罵癡傻的聲浪，今天我只是想讓你們知道，我願意成全你們，絕對不是我大氣，而是我愛如風絕對不比初雪妹妹少，更希望如風你能更珍惜我，我就這麼一點點要求，可以嗎？可以嗎？」

易如風見她眼眶噙著淚水，一陣不捨，忙攬住她。

「映瑤，妳是我的結髮妻子，我疼妳這是天經地義的事，怪我，都怪我，這回妳為了大局成全我，以後我肯定會加倍的補償妳，哦！」

十月把這一切看在眼裡，她更難受，這個曾經跟她山盟海誓、用他所有的生命在保護她、她心心念念想嫁的男人，如今卻是她人的丈夫

而現在他們成了結髮夫妻，自己卻成了側室，二太太！十月好想馬上站起來逃離這樣的一個三人世界。

但理智將她拉回現實，她終究還是跪著像在乞求江映瑤能分一點易如風的愛給她，而她就要卑微乞憐的做個沒有聲音的側室，如果這是老天爺真心要考驗她跟易如風的愛情，她覺得付出的代價太大，但當她踏進江家後門的那一刻，她就再也沒有回頭路了，畢竟，這是她的選擇。

十月跪了好久，就像一世紀那麼長吧！也許江映瑤自己也覺得委屈，她不接這杯茶喝，十月就不能起來，十月覺得易如風好殘忍，愛她，怎麼還讓她遭受這樣的羞辱？究竟在易如

風眼中，誰才是他的最愛？

十月起了懷疑，易如風接觸到十月幽怨的眼神，他終於說話了。

「映瑤，初雪已經跪了一刻鐘了，茶端著手也酸了，妳就把這杯茶喝了，要不天都黑了，喔？」

江映瑤見易如風說話了，十月也高高的舉起茶就在江映瑤眼前，這才伸手去端起那杯茶，啜了一口，又吐出來。

易如風三人錯愕。

「映瑤，怎麼了？」

「茶涼，苦了，不喝了。」江映瑤站起來，由紫嫣陪同走了出去，留下跪在地上兩腳發麻的十月。

易如風忙要去扶她起來，誰知十月笑笑的輕推開。「如風，我沒那麼嬌弱，沒事，我自己起來。」

十月一站起來，雙腳因跪太久，踉蹌站不穩，一下子就跌進易如風懷中，十月忙道歉：「如風，對不起。」

「傻丫頭，咱是夫妻了，照顧妳是我這個做丈夫的責任，走！我帶妳去看妳的房間。」

十月隨著易如風一路走進初雪樓，不知何時，初雪樓已擺了寢具、桌椅，佈置成一個客房，但還是一樣拿著冷冰冰的白色紗質做基底，讓十月一進來就好像置身在那天上教堂暴風雪的寒氣一樣，由四面八方襲了上來。

「初雪，妳是這樣單純，像白紙一樣，我相信妳會喜歡這樣的陳設，哦？」

十月笑笑、沒回答，只顧著東摸西看的，易如風拉著她坐下來，歉咎的看著她。

「初雪，妳應該知道豪門富戶有很多繁瑣的規矩，這些天我恐怕不能陪妳，放妳一個人，我真的很不忍心，但……」

十月忙笑笑的介面：「我明白，能讓我進來江家，江家父母和映瑤姐姐那邊你必須打點，放心吧，我一個人住沒問題。」

「那好，如果妳還欠缺什麼，儘管告訴紫嫣，她會幫妳張羅的，我公司還有事，我得趕去處理。」

「你忙先。」

易如風一副依依不捨，確定十月沒事，他才轉身出去。

易如風一走，十月安靜下來，思前想後，為什麼她去江映瑤房間，江映瑤不在？偏偏窗外卻突然跑出一個戴威尼斯人面具的人？她究竟要做什麼？

之前冷以烈告訴過她，加上她好幾次都從戴威尼斯人面具者的手上逃過死劫，這一切的一切，正是她以愛之名，正式踏進江家，守在易如風身邊，希望有他保護，十月可以暗中查清楚究竟這是怎麼一回事？在這孤單的夜裡，她想起了冷以烈，不知道他現在怎麼樣了？

冷以烈送走了十月，一個人回到租屋處，把房子仍擺設就像十月和夏至母子遠行，他們出去玩累了，肯定會回到這個溫馨的家庭，但他也擔心，甚至後悔，深怕江家是個龍潭虎穴，究竟把她送回易如風身邊是對？還是錯？

這一晚，小刀來敲門敲的急，他一開門，問小刀怎麼回事？小刀幾乎哭著說：「冷哥，趙老闆只剩一口氣，鳳姐已經趕去醫院了，你快去，再不去，恐怕……」

冷以烈一聽，拔腿就跑，這一路上，他想起小時候趙老闆到他家來要債，得知他父親過世、母親重病，不但債務一筆勾消，還給了他母親一筆醫藥費讓她去就醫，誰知母親最後還是沒救活，他一個小孩孤零零沒人照顧，便收留他，把他交給鳳姐收養。

當他逐漸長大，趙老闆教他做人要仰不愧於天、俯不怍於人，上海灘的風華是日日在變遷，無論人家怎麼負我，我們一定要做到重情重義，這四個字

冷以烈聽進去了，也跟隨趙老闆一路走到今天，想不到這個亦師亦父亦友的趙老闆，卻因鴉片煙抽的太兇，一口氣就快上不來。

冷以烈跑到醫院，只見黑影幢幢，裡面有自家兄弟，也有杜老闆的手下，冷以烈要小刀和兄弟們在外面看著，他找到趙老闆的病房去。

門一開，只見鳳姐哭紅了眼，幾個趙老闆的心腹全在邊上紅著眼眶，冷以烈一見趙老闆

臘黃的臉，身體形瘦枯槁，他一陣不捨，忙上前跪了下來。

「趙老闆！」

趙老闆勉強開眼睛，一看是冷以烈，他費盡所有的力氣去握冷以烈的手。

「以烈……新世界舞廳……我旗下的……事業……還有……最重要的是……鳳姐……全交給你……幫我照顧……打理……好接……手……」

趙老闆還來不及說完，手一癱，眼一黑，離開人世。

「趙老闆——」

冷以烈、鳳姐及一干兄弟全淒厲崩潰的哭喊，但仍喚不回趙老闆的命，誰知就在這時，一名身穿黑旗袍、戴著黑色禮帽和面紗的窈窕女子出現，小刀攔也攔不住。

「哎，妳幹什麼？」

眾人錯愕，還來不及反應，鳳姐一看忙喝止：「住口，她是趙老闆在國外趕回來的女兒，還不快退下。」

鳳姐退開一步，忙悲愴的說：「姍姍，趙老闆沒見到妳最後一面，眼睛不願閉上，妳快去見他，讓他安心，哦？」

這位叫姍姍的女孩上前，未語淚先流，她伸手輕輕的為趙老闆闔上眼邊說：「爹！姍兒回來晚了，爹，您放心，我會好好的活著，活出自我，您累了，好好歇息，喔！」

姍姍把白布給拉上來，蓋住趙老闆的臉，眾人放聲大哭，就在這沉靜的夜色中。

其實，外面早已風聲鶴戾，開啟了一場腥風血雨的躁動，是杜老闆的人馬，趁著趙老闆一死，準備搶灘。

當然，醫院內也暗潮洶湧，姍姍根本不理會趙老闆的託付，堅持她要坐大，來接掌父親所有的事業，這對鳳姐和冷以烈來說，是十分糾結的事。

畢竟姍姍不知上海灘頭一些人事的險惡，何況她一個嬌弱的年輕女孩，不會算計、不懂經營，尤其是在男人的天下和世界當中，一旦讓她接手，早晚會把趙老闆好不容易打下的江山送掉，這是冷以烈所有的人所不願意看到的。

這也考驗著冷以烈的智慧和勇氣，他知道外面有杜老闆的人馬等著他們，他不得不私下跟姍姍談：「大小姐，只要能平安的把趙老闆風光的下葬，只要妳能很快的上手接掌趙老闆所有的事業，我跟鳳姐立馬就離開，這樣也不行嗎？」

姍姍其實是個單純的女孩，當她小的時候，看到自己的娘跟趙老闆，也就是她爹，為了鳳姐發生爭執，她娘受不了就從上海灘一躍而下，那個畫面十分震憾，成了她一輩子的陰影，也因此她對鳳姐懷恨在心，偏偏鳳姐又是她爹得力的助手，趙老闆為了不讓她們見面，因此就把姍姍送到國外她姨媽家。

這回她回來了，她怎麼可能便宜鳳姐、放過冷以烈，她當然不答應，而且，現在就要接管所有的事業。

姍姍說完，轉身就走出去，鳳姐不放心，冷以烈說：「鳳姐，把趙老闆這邊的後事處理好，我負責大小姐的人身安全！」

鳳姐其實心裡十分酸楚，當年趙夫人在的時候，常常找鳳姐的麻煩，嫉妒心又重，鳳姐好幾次離開新世界舞廳，是趙老闆一再的求她才把她求回來的，而人皆重情重義，但鳳姐不願意破壞趙老闆夫妻的婚姻，她是一再的逃離趙老闆灑下的情網。

誰知趙夫人負氣用死來昭告示眾，這也是鳳姐為什麼在趙夫人死了那麼多年，堅持不嫁給趙老闆的原因，她早料到會有這麼一天，但怎麼樣也沒想到，這一天來的這麼早。

姍姍一走出醫院，面對杜老闆手下排山倒海的威嚇，她確實嚇到了，但看到冷以烈追來，她的面子絕對不能丟，堅持要出去，冷以烈抓都抓不住。

誰知當她一出去，雙方開始面臨一場腥風血雨的奪權之戰，這一夜，讓姍姍被抓去當籌碼，也讓冷以烈被逼到談判桌上。

但對初雪來說，她什麼都不知道，打從進江家後門之後，接受了江家父母跟江映瑤的震憾教育，她不再說話，每天就待在初雪樓內，除了晚上易如風從公司回來，匆匆見了一面，就被江平之叫去對帳，或者研究地產公司的事。

初雪覺得這並不是她進江家的目的，她不是一隻金絲雀，更不願意被易如風關進這初雪樓，才待了幾天安穩日子，她開始想到由初雪樓走出去。

一到後院，太陽探出頭來，她坐在後院的花園內曬了一會兒太陽，看到白色的茉莉花開的十分香濃，她好奇，忙起身正準備湊上前去聞。

誰知圍牆上正探出一個帶著威尼斯人面具的人，正準備跳下來，她一看，驚駭尖叫！

「啊——」

第十八章

戴著威尼斯人面具的人聽到十月的尖叫聲，竟然又翻牆跑了，十月雖害怕，但她似乎豁出去了，忙找到江家後門，開了門就追出去。

「別跑，你給我站住！」

江家的後門是一條小路，十月追出來，遠遠看到那人跑走的背影，十月發狠，她要追到對方問個明白也揭開這團謎霧，之前害死夏至的那個兇手，是戴著威尼斯人面具的含青，她不是死了，怎麼接二連三又跑出戴威尼斯人面具的人，他究竟想做什麼？

十月跑的急，一個不小心仆跌在地，她雙手因擦到地，手掌痛的緊，正準備爬起來再追時，眼前出現一雙男人的鞋，她一怔，還來不及反應，一隻手已伸在她眼前。

「初雪小姐，妳怎麼會在這裡？快把手給我。」

十月忙抬起頭一看，居然是常克行？

「常老闆？怎麼是您？……」十月忙找著剛剛戴威尼斯人面具的人。

常克行已扶起十月，不解地：「初雪小姐，怎麼了？妳找什麼？」

「常老闆，剛剛您來這一路上，有看到奇怪的人嗎？」

「奇怪的人？沒有啊，這裡除了妳跟我之外，哪來什麼人？更何況什麼奇怪的人？」常克行一付疑惑的看著她。

十月連連經歷兩次遇上戴威尼斯人面具的人，她沒有告訴任何人，連易如風也沒說，她真的矇了，甚至她連常克行也懷疑上。

這不能怪她啟疑，常克行不是應該從江家大門進出嗎？怎麼這時候會出現在後門的小路上？加上一直以來他十分坦護江映瑤，之前含青就是一個例子，也難怪十月開始產生一種草木皆兵、處處有陷阱的不安全感。

當常克行把十月送回江家，江映瑤由常克行口中得知十月的怪異舉動，她十分自責，專程過來初雪樓陪她。

「初雪妹妹，對不起，之前妳進門，我說了一些話，妳是不是上了心頭，要不，這一陣子怎麼沒見妳過來我房間跟我聊聊，我還等著妳幫我針灸治療呢！」

十月搖頭：「這一陣子沒上山採藥，一時手上無藥草，不敢為映瑤姐姐扎針，所以……」

「初雪妹妹，妳就別折騰了，只要妳開個方子，我可以讓紫嫣隨時到中藥鋪去抓藥回來啊！」

「映瑤姐姐，我一向相信自己採的藥，找個時間，我還是親自上山去採藥好了。」

「那好吧！初雪妹妹，剛剛克行幫妳的雙手上了藥，克行說了，這幾天妳就好好休息，千萬別沾水，免得發炎。」

「是，謝謝映瑤姐姐。」

江映瑤臨走，說了：「初雪妹妹，這些天妳瘦了不少，剛剛我讓廚子熬了雞湯，一會兒妳趁熱喝了再休息，我走了。」

江映瑤走了，十月一來鬆了口氣，二來心裡還有一團迷霧，是愈想解、卻愈糾結、愈解不開，她心裡惶惶不安，肚子似乎也餓了，她看到桌上的雞湯，忙過去，一坐到桌前，拿出湯勺正準備喝。

誰知一隻貓不知從哪個地方冒出來，跳到桌上，把那盅雞湯給撞落在地上，讓十月嚇了一大跳，但這還不是重點，重點是，那盅雞湯灑在地上，竟然冒出毒煙，這才讓十月十分的悚驚。

這一回，十月可以很明確的是，不只是外頭，連江家也是個龍潭虎穴、危機四伏的地方，印證了冷以烈之前的警告，確實有人想取她的性命，真要說起來，江家裡裡外外的人都有嫌疑，而這個人是誰，她真的不知道。

如今的她成了驚弓之鳥，以前不知道便罷，如今她知道了，她必須打起十二分的精神去面對隨時有可能致她於死地那突來的人事物。

十月還是不想讓易如風擔心，如果讓易如風知道，只是添加易如風的為難，更怕打草驚蛇，她寧可裝做沒事，一個人去面對和應付。

十月想起了冷以烈，打從他送她到江家，這一也十來天了，冷以烈竟然沒消沒息，十月想想也是，冷以烈是個正人君子，是她說好讓冷以烈把自己送到最愛的人身邊，以後她的事要冷以烈再也不必擔心的。

是自己一個不小心用情緒勒索了冷以烈五年的歲月，是自己無助和胡塗了，加上夏至這些情感綁架了冷以烈這麼多年的青春，十月跟他非親非故，憑什麼冷以烈要為自己付出犧牲這麼多？每當午夜夢迴，十月還是覺得愧對冷以烈，更大膽的想著，難道自己在無形之中對冷以烈動了心？

十月一想，嚇到了，自己明明是愛著易如風的呀！她怎麼可以背叛易如風而再去愛其他的人？怎麼可以？

當十月活在驚恐和情感陷入糾結的矛盾時，卻不知冷以烈正面對的是一場營救人質的談判。

雙方人馬約在上海灘邊的一家飯店談判，一堆人簇擁著杜老闆進來，卻發現現場只有冷以烈一個人，杜老闆先是一怔，繼之冷笑，佩服冷以烈的勇氣，雙方因上次的十月和現在的姍姍，新仇舊恨一次總結要算一次總帳。

要在江湖混，憑的是一句話，當時冷以烈喝止杜老闆的心腹大將立馬放了趙姍姍，只要讓他把趙老闆的後事辦妥，欠杜老闆的，他自然會主動上門還。

冷以烈說到做到，這下輪到被小刀看住在趙家的姍姍著急擔心冷以烈的下場，幾度想命小刀讓她去，但小刀說了，除了冷哥，誰也別想命令他，這讓姍姍這個不知世間和江湖險惡的女孩擔心又自責極了。

杜老闆坐下來，問冷以烈究竟是怎麼打算的？冷以烈對杜老闆趁人之危、加上在趙老闆臨終之際前去搶灘頭，還當場擄了單純的姍姍當做籌碼逼趙大山握在手上碼頭生意這一塊讓出來的作法十分不屑。

冷以烈冷冷的回說：「江湖有江湖的規矩，尤其是男人的手是拿來對付敵人，而不是女人，你一個在江湖上位高權重的大老闆，不但趁著敵人一口氣還在就前來搶灘，還拿著一個不知天高地厚女孩的人身當脅迫的籌碼，你未免欺人太甚？」

杜老闆惱羞成怒，一把怒拍桌子跳起來，拿出槍指著冷以烈的頭：「冷以烈，你要我？」

幾乎是同時，冷以烈比杜老闆更早一步已抽出槍替著杜老闆的額頭，杜老闆那些心腹也拿出槍指向冷以烈，冷以烈也不是省油的燈，喝止他們。

「只要你們敢開槍，信不信，我立馬打爆杜老闆的頭？」

杜老闆及那些手下皆遲疑了，杜老闆又氣又惱又怕：「冷以烈，你好樣的！」

「杜老闆，我這是以其人之道，還治其人之身，我冷以烈爛命一條，你要就拿走，咱一命抵一命，你覺得誰划算？」

「你？……」

雙方都準備扣扳機，就在對峙危急當兒，鳳姐不知何時早已向上海警探密報，探長一直以來十分傾慕鳳姐，一聽杜老闆竟然在他的管轄區找茬，破壞了江湖的規矩，怕引起上海黑道的風暴，因此派人前來。

杜老闆聞聲，對冷以烈撂下話：「這仇我記住了，早晚我肯定要你加倍奉還。撤！」

杜老闆一行人破窗離去，冷以烈鬆了口氣，在探長一行人破門進來之前，早把槍已收好，並泡茶喝著，鳳姐擔心著急跟進來，見場面已化解，她懸著的一顆心終於放下，並上前抱住冷以烈。

「以烈，沒事，太好了。」

「鳳姐，對不起，讓您擔心了。」

姍姍一直等，心情十分糾結，直到見到鳳姐帶著冷以烈回到趙府的那一刻，她突然傲嬌的上前搧了冷以烈一巴掌，鳳姐和冷以烈錯愕。

「姍兒，妳這是？……」鳳姐不解的問她。

姍姍惱羞成怒的指責冷以烈：「為什麼要救我，讓我欠你一個人情？你這麼做，以後我怎麼接管我爹留下來的產業？我又該怎麼不聽你的建議就自己下決定？」

面對姍姍一連串的找理由合理化自己的歉咎指責冷以烈，其實話中誰都聽的出來是在向鳳姐和冷以烈輸誠和示弱，但礙於面子下不來，加上失去唯一的親人趙老闆，未來她必須仰仗鳳姐和冷以烈，這些話只是想讓自己有個台階下。

鳳姐和冷以烈兩人覺得姍姍看起來氣場、架勢很夠，很想當上海灘呼風喚雨的大姐大，但她太單純了，根本不是所有人的對手，鳳姐二人真想離開，偏偏又在趙老闆臨終前答應接手趙老闆留下來的所有產業、跟照顧姍姍，兩人也就由著姍姍無理取鬧也就算了。

這一天，上海灘所有的權貴名流、黑白兩道皆收到一封請帖，易如風理所當然也在邀請之中，他心裡真心希望帶初雪一起參加，但又擔心江映瑤……不，應該是江平之夫妻的不滿，反而讓初雪遭江夫人指責她不懂分寸。

正當易如風為難時，沒想到常克行也接到邀請函，正愁沒女伴可偕同前往，這下給了易如風找到了藉口，也讓常克行找到了能跟江映瑤相處的機會而開心不已。

當然，全上海灘政商兩界及仕女名媛們都接到邀請，每個人無不極盡時尚、奢華和貴氣於一身，就怕被人給比了下去，而更多的是希望藉著這個宴會尋找商機及攀結權貴，達到此行的目地。

易如風也不例外，今天他打扮的十分紳仕，一身名貴的洋式西服，江映瑤則是絲質繡得十分華麗的長旗袍，等到初雪走出來，易如風怔住了，她竟然穿的十分素雅的淡綠色旗袍。

「初雪，我不是吩咐紫嫣送了幾套華麗的旗袍給妳，妳怎麼？……」

「如風，你忘了，映瑤姐姐也去，她讓我去，我該好好的感謝她讓我見識那樣的大場面，不是應該更低調，免得讓你跟映瑤姐姐為難了？」

「初雪？……」

「易老闆，時間不早了，車子在外面等了，咱一塊走吧！」常克行催著他們三人一起前往。

「常老闆，我想，還是我送初雪去，映瑤就搭您的車，讓您多費心了，可以嗎？」

常克行當然樂不可支，但江映瑤卻不樂意了。

「如風，你說這話就不合適了，咱是夫妻，我搭克行的車一起去，到時人家會怎麼說我？」

易如風三個人的矛盾，還是十月一句話給化解掉：「如風，咱還是同車一起去，這樣也有個伴，哦？」

易如風被初雪這一說，心裡有些失落，司機開著車，車上載著他們四個人，四個人各個都有心思。

易如風是真心希望單獨跟初雪一同前往，打從初雪進入江家之後，江平之夫妻和江映瑤的眼皮子底下，他根本沒機會跟初雪出去透透氣，只有這個機會，只是讓常克行給破壞了。

而十月心裡覺得納悶，明明紫嫣送來的就是身上這套淡綠色的齊膝旗袍，易如風為什麼會這麼說？難道是江映瑤把衣服給換了？

江映瑤則心裡是委屈的，再怎麼樣這是上海灘政商名流的宴會，所有的小事一旦被有心人一說，就會無限的放大，可偏偏易如風卻連初雪也給帶上，如果不來，別人有話說，現在來了，肯定會遭人議論，她心裡真是糾結極了。

而常克行，他早就把易如風的如意算盤給算出來，他如果不過來暫時權充江映瑤的男伴，一旦到了現場，易如風帶著初雪去應酬，肯定會冷落了江映瑤，江映瑤也會不開心，也許這樣的安排是最好的。

上海灘的宴會大廳，來自全上海上流社會的政商名流，把個宴會大廳的滿滿的，十月像劉佬佬進大觀園，看著滿廳的鮮花、美酒、流瀉的輕音樂，加上名媛仕女打扮十分華麗，各個爭奇鬥艷談論著屬於他們上流社會交際的諸言，而男仕們杯觥交錯之中互相找尋商機。

只有十月，她趁易如風和江映瑤他們去應酬的當兒，十分無聊的舉著雞尾酒杯，也不知該怎麼面對，只好悄悄的躲在角落裡好奇的東看西看。

誰知就在主持人宣佈今天這場盛會的主人翁時，一下子燈光陷入一片黑，現場一片嘩然，十月還來不及反應時，竟然有一把亮晃晃的刀對著她刺了過來，十月發現，驚聲失叫：「啊——」

當燈光大亮時，江映瑤竟然就在她身邊，不解又錯愕的問她：「初雪妹妹，妳怎麼了？」

所有的人都看向她，她眼前一黑，厥了過去。

第十九章

「初雪，初雪？」

十月聽到易如風的呼喚聲，又聽到一陣吵雜送醫的聲音，她整個人昏昏沉沉，等她醒過來的時候，她才發現她受傷了，有人拿刀刺她的腹部，經過醫院緊急搶救，命救回來了，傷口也縫合包紮好了，但必須休息一陣子才能復原。

十月一睜開眼，看到易如風、江映瑤和常克行著急擔心的守在她的床前，三人一見她醒來，先是鬆了口氣，繼之不解又納悶的追問她怎麼回事了？

看著易如風和江映瑤那付緊張又擔心的眼神，十月腹部的傷口雖痛的像刀在割肉般的痛澈心扉，只是，她強忍著傷口的痛，微笑的搖頭：「映瑤姐姐，如風，常老闆，事情都過去了，沒事，對不起，讓你們擔心了。」

江映瑤不放心，還要再說：「初雪妹妹，妳……」

「映瑤姐姐，我傷口痛著呢，能讓我休息不？」

常克行見狀，也勸江映瑤和易如風退出病房，讓初雪好好的休息，易如風不放心，特地請了專業看護來照顧初雪，並心疼的一再向初雪道歉，沒能好好保護她，還讓她因此受傷。

十月笑搖著頭，傷口的痛讓她幾乎崩潰，她不再說話，易如風三人這才退了出去，現在病房只留下她一個人，她冷靜的回想。原來這場盛宴是冷以烈和鳳姐為了幫死去的趙大山鞏固勢力，也為了介紹趙大山事業的接班人，也就是他的親生海歸女兒趙姍姍而辦的宴會，目的就是要把趙姍姍推薦給政商名流認識。

十月遠遠的看到冷以烈，她心情十分糾結，想上前去問聲好，但現場那麼多的賓客需要他打點，又要負責趙姍姍的安全，她想想，為了讓冷以烈放手去做他的事，她寧願躲在角落，遠遠的看著他就好。

誰知十月在角落看到有人破壞現場的燈光，而在黑暗中，那個拿刀向她刺過來的人，雖然只是短短的一剎那，但那張威尼斯人面具是那麼的鮮明和醒目，十月很確定，這個人是衝著她來的。

當下她真的很想掀開面具看看這個人是誰？我十月跟她又有什麼深仇大恨，為什麼對方一而再、再而三的想置她於死地？

十月真的想不透，以前有冷以烈可以為她遮風擋雨與照顧她，但現在不管在江家、在外頭，對方還是不放棄要逼她走入絕路，不，應該說，不是真要她死，而是要一次又一次的淩遲她，直到她痛苦而死。

躺在醫院的十月，有了上一次的經驗，她不敢再放心的昏睡，她怕又被掐脖子的事件再度上演，但她是人、不是鐵，就算鐵打的身子也禁不起不吃不睡，更何況現在她受傷了，萬一有人再度闖進來，以她受傷的程度……她真的不敢再往下想，但，山不轉，路轉，路不轉，我轉，十月思索著對策。

趙姍姍對鳳姐和冷以烈為她辦的這場盛宴十分開心，但她並不知道，為了讓她在上海灘露臉，鳳姐可是動用了上海警探探長的人脈、和冷以烈把所有的人找來維護趙姍姍的安全，為的也是防堵杜老闆的人馬前來找荏，直到宴會結束，安全把趙姍姍送回趙府，所有的人才鬆了一大口氣。

趙姍姍心裡對鳳姐為她所做的一切是感激的，但仍是嘴硬的對鳳姐發號施令，鳳姐也念在她是趙老闆女兒的份上，也就唯命是從的管理好趙姍姍交辦的新世界舞廳的一切。

但冷以烈卻沒給好臉色，這反而給了一向傲驕又被寵壞的趙姍姍是既氣又惱，她知道冷以烈是條漢子，也很容忍她的耍賴和無理取鬧，一開始只是想讓冷以烈臣服於她。

漸漸的，趙姍姍發現她的生命中不能沒有冷以烈，雖然她看起來外表冷酷、動作粗魯也不體貼，甚至在她鬧情緒時，冷以烈根本不理她，還展現霸氣的為她安排所有的事，這是她在海外看了那麼男人，卻沒有像冷以烈那樣，是那麼一個鐵錚錚的漢子。

趙姍姍發現她愛上冷以烈了，但這卻是她生命中痛苦的開始。她從小刀口中得知冷以烈有喜歡的人，妳應該沒機會了。

趙姍姍不甘心，追問小刀，得知冷以烈喜歡的那個人是商界名人的妾，她矇了，既然是人家的妾，冷以烈還戀棧什麼？

小刀說，冷哥喜歡她好多年了，他是真心愛這個叫十月的女人，為了等她，就算讓冷哥一輩子不娶，他也會默默的為她守護下去的。

趙姍姍一聽，心裡充滿了羨慕跟嫉妒，從小到大，從來沒有她趙姍姍得不到的，冷以烈這個男人，我趙姍姍是要定了，誰都不能跟我搶，哪怕曖昧也不行，她們趙家的所有事業全指上冷以烈，一旦他有二心，趙姍姍自承肯定會受到很大的打擊。

她必須想想，怎麼找到這個叫十月的女孩，這個女孩絕對不能留在這世界上，有十月就沒趙姍姍，有趙姍姍肯定不能有十月，要不，冷以烈絕對不會臣服在她麾下。

趙姍姍一天看不到冷以烈，她還真沒安全感，不只公事，連人身安全也要算上他。

這一天，她想到新世界舞廳去巡視，叫了半天，卻沒看到冷以烈，她納悶，忙問小刀：「冷以烈人呢？」

小刀搖頭說不知道，趙姍姍急了，命小刀立馬去找冷以烈，小刀只能聽命，但他還真不知道冷以烈去了哪裡。

易如風和江映瑤帶了魚湯前來醫院探視，誰知病房內只見看護在，她也著急不已，易如風問看護怎麼回事？

看護說：「初雪小姐從昨晚就不見了。」

易如風十分震怒，指責看護太不負責任：「我把人交給你們，你們竟然把初雪照顧到不見，我一定要投訴你們，太過份了。」

看護嚇壞了，連連道歉，但江映瑤卻要易如風先別追究責任，應該先找到初雪再說。易如風一醒，忙說，他立刻派人去找，尤其初雪還受傷，不管花多少代價，動用多少人力，一定要把人找到為止。

江映瑤不解：「初雪妹妹會去哪裡？」

冷以烈回到他租住的房子，發現裡面好像有人，他一驚，順手抓起一根棍子，踮著腳步找了進去，果然有人影晃動，他衝進去，一棍子就要撲上去，誰知這一看，赫然發現是十月，他十分意外。

「十月？怎麼是妳？」冷以烈扔掉棍子再一看，十月臉色蒼白，手撫著腹部，一副虛弱無力地，他一驚：「十月，妳……妳受傷了？妳……妳怎麼會？……」

十月一見冷以烈，她全身正因傷口發燒顫抖著：「冷哥，抱我回床上好嗎？我好冷……好冷！」

冷以烈一聽，忙上前抱著她，把她放在床上，拿起棉被為她蓋上，看著十月這樣，他一顆心揪著，難受到眼眶都紅了。

「十月，為什麼？這是為什麼？」

十月想起了昨晚她不敢留在病房睡，就算她的傷再痛、再難受，她也必須離開這裡，並把病床的棉被塞了枕頭、把燈關掉、佯裝她在睡，誰知半夜有人摸黑進去，伸出手準備去掐十月，十月忙開燈站在門口，逼問對方是誰？究竟想做什麼？

來人嚇了一大跳，十月拼了命，上前去摘掉來人的威尼斯人面具，誰知竟是紫嫣。

十月震驚，追問她：「我跟妳無冤無仇，為什麼妳要置我於死地？為什麼？」

紫嫣見事跡敗露，她嚇的邊哭邊向她道歉：「二太太，不是我……不是我……」

十月舉著那威尼斯人面具出示：「妳都讓我揭開真面目了，妳還要狡辯？妳快說，要不，我報警去！」

「千萬別報警，二太太您聽我說，我是奉他人之命，要是不這麼做，我們一大家子就沒飯吃，我真的不能被抓去關，我求您了。」

「妳三番兩次戴著這個面具來嚇我、殺我，甚至還在雞湯放毒藥，妳還敢求我放過妳？」

紫嫣忙跪下發誓：「我沒有，這一次是第一次，也是唯一的一次，二太太，您一定要相信我。」

十月定定的看著紫嫣，見她嚇的全身發抖，正猶豫時，誰知紫嫣竟然跳起來，推開她，逃了出去。

「紫嫣？別跑，紫嫣……」

十月踉蹌倒地，紫嫣逃走了，只留下那只威尼斯人面具，十月拿起來，內心激動萬分，總算讓她抓到兇手了

但再一想，紫嫣說她是第一次，那麼，在宴會會場那個戴威尼斯人面具？還有初雪樓和江家後院的會是誰？之前戴威尼斯人面具的含青不是已經死了？

十月矇了，整個人也悚驚了起來，她真的不知道還有誰會再來殺她？在她最脆弱又受傷的時候，她必須逃離醫院，否則她肯定會沒命，就因為這樣，她回到冷以烈的家，這裡才是她最放心、也可以安心養傷的地方。

「十月，我問妳話呢，妳在想什麼？」

十月回神過來，她本想說，但之前她和夏至已經拖累了冷以烈，加上是她不顧冷以烈的阻止，堅持要進江家，如今發生了這麼多事，加上也看到冷以烈回到上海灘的世界活的那麼霸氣，她真希望冷以烈能好好的去過他該過的日子，不能再讓他擔心了。

「冷哥，我不小心受傷了，你別擔心，哦！」

冷以烈見她受傷都痛到全身發燒發冷，他一顆心都快碎了，十月竟然還不說實話，他難受極了。

「十月，我們相處五年了，難道我不知道妳心裡在想什麼？又在隱瞞什麼？妳這根本不是不小心受傷，妳這是被刀子捅傷啊！」

「冷哥……」

「十月，殺妳的人是誰？」冷以烈拿出十月藏好的那張威尼斯人面具出示：「又是戴威尼斯人面具的人對不對？妳揭了他的面具，妳應該知道那個人是誰對不對？」

十月被逼，不得不只好把一切向冷以烈坦承，並說這也是她要躲在這裡療傷，等她傷好了，她才能再回去江家。

冷以烈一聽，心都痛了。

「十月，別去了，我帶妳走，咱離開上海，去一個沒有人認識妳的地方，我求妳了！」

「冷哥，你忘了嗎？我愛的人是易如風，現在我好不容易回到他身邊，我怎麼可能跟你走？」

冷以烈生氣了：「十月，妳口口聲聲說愛他，但他不能保護妳，還讓妳天天活在恐懼當中，這樣的他，妳還要把自己的一生交給他嗎？可以嗎？」

「冷哥，我累了，可以讓我好好休息嗎？」

十月閉上眼睛，她確實是太累了，尤其經過昨晚一夜在醫院要誘出殺手，加上擔驚受怕，一路顛簸的搭黃包車逃回到這裡，她不等冷以烈問話就昏睡過去。

冷以烈看著十月的傷口已發炎，發燒還全身在打擺子，他心想再這樣下去，十月肯定會沒命，無論如何一定要把十月送醫，但又擔心把十月送到上海任何一家醫院都不安全，這……

突然，冷以烈一醒，他想到了過去夏至發高燒，十月去採草藥幫他降溫敷傷口的藥草，這一想，他忙匆匆離去。

十月整個人昏昏沉沉的睡，就在這時候，一雙腳步由外踩進來，走到十月的面前，而十月渾然不知。

冷以烈跑到山上去採了草藥，便匆匆的奔回來，一進門，發現門沒鎖，他大叫不妙，等他一進去，發現十月不見了，冷以烈大驚。

「十月？十月人呢？」

第二十章

冷以烈像瘋了似的找到江家，一見易如風，他著急忙問：「易如風，十月人呢？」

早已找瘋了的易如風，一見冷以烈，心急火燎的一把揪起冷以烈的胸前衣服，反問他：「冷以烈，你別惡人先告狀，你把初雪帶去哪兒了？」

冷以烈一怔：「十月不在你這兒？」

江映瑤著急極了：「初雪妹妹受傷那麼嚴重，我們把她安置在醫院，才一個晚上的時間，誰知道她竟然不見了，我跟如風急壞了，正想著是不是你帶走她？聽你這一說，不就是你也不知道她人在哪兒？」

易如風鬆開了冷以烈，心急如焚地：「醫生交代初雪的傷勢這麼嚴重，尤其傷口才剛手術縫合，根本不能動，天哪！究竟她會去哪裡了？」

冷以烈對江映瑤產生懷疑，易如風崩潰，再也沒心思去公司，說要再出去找初雪，便匆匆離開江家，冷以烈跟出去趁機問他。

「易老闆，您府上一名叫紫嫣的丫頭可還待著嗎？」

易如風一聽，皺眉，並嘆了口氣：「這丫頭也不知怎麼回事，昨晚說她老家出了點事，堅決要走，留也留不住，您說，我能不讓回嗎？」

「易老闆，她不是您夫人的貼身丫頭嗎？」

「冷先生，你怎麼這麼問？」

「難道你沒有懷疑十月的不見跟紫嫣有關？也就是，跟您夫人也有關？」

「不可能！映瑤雖是大富人家的千金，但她心腸十分柔軟，也很有分寸，要不，怎麼能讓我接初雪回來！」

易如風斬釘截鐵的跳出來袒護江映瑤。

冷以烈不再說話了，現在他心裡十分煎熬，家是十月覺得最安全的地方，沒想到卻是在自己的家失蹤的，這叫他怎能不自責？無論如何，他一定要把十月找出來，但，十月會在哪裡？

常克行一聽紫嫣離開江家，十分納悶追問江映瑤怎麼回事？江映瑤說她並不清楚，還說初雪不告而別，連冷以烈都找上門來一事，反問常克行。

「這個紫嫣究竟是什麼樣的一個丫頭？那晚我讓她去看初雪妹妹，誰知回來之後就說家裡有事，接著人就走了，太不負責任了！」

常克行不以為然：「映瑤，紫嫣是一個很單純又乖巧的丫頭，要不，我也不會介紹給妳、讓她來侍候妳，但聽妳這一說，她家可能真的有事，妳信我，哦？」

「克行，算了，以後我再找一個丫頭就是了。」

江映瑤一開始見到紫嫣，她是喜歡的，但隨著初雪的到來之後，不知怎麼著，她老覺得紫嫣常常心不在焉，要找人又找不到，愈來愈不靠譜，既然現在她回老家去，江映瑤正好有了藉口跟理由再找人。

只是對常克行來說，他十分不解，紫嫣是他從小看到大的小丫頭，單純又天真，他才敢介紹給江映瑤，怎麼在江映瑤口中，紫嫣竟然跟他所知的是兩回事，究竟是紫嫣的錯？還是江映瑤多留了心思？常克行真的是矇了。

而更讓他不解的是，跟他是髮小、也親如兄弟的季朝陽，卻在前一陣子開始失聯，天熹紡織交給他的心腹經營，問了季朝陽的去向卻沒人告知，究竟是出國？還是到南方採蠶絲料去，所有人一問三不知，連江映瑤也沒他的消息，這不是季朝陽的作為，讓常克行很是擔心不已。

「究竟季朝陽去了哪裡？又如何跟他聯繫？」

沒人告知，也沒人知道，這讓常克行開始起了很大的擔憂。

但再怎麼樣，初雪的失蹤，這牽扯的不只是易如風，連冷以烈也捲進一團迷霧之中，冷以烈納悶，他跟十月的家除了他們兩人之外，並沒有人知道……難道……冷以烈猛然想起，知道他住處的還有小刀？

冷以烈趕回趙府，氣急敗壞，到處找著小刀，當他一見到小刀，一把將他撈過來，青筋浮爆激動不已：「人呢？你把人帶到哪裡？」

「什麼？」

冷以烈暴怒吼著：「你別跟我裝蒜，快把十月的下落說出來，聽見沒有！」

小刀害怕，不知道該怎麼回答，誰知姍姍卻從裡面走出來。

「冷以烈，十月在你心中有這麼重要嗎？」

「姍姍？妳這話是什麼意思？」冷以烈猛然一醒：「難道妳知道十月在什麼地方？」

姍姍不吭聲，誰知冷以烈卻激動的抽出槍指著她的頭，大聲的吼著：「妳把十月藏在哪裡？說啊！」

姍姍也是烈性子的女孩，她擺明把太陽穴移到他手執槍口的位置，吃定了冷以烈，一副無懼地：「我不知道！」

「妳？」冷以烈一聽，氣到很想扣扳機。

小刀見兩人對峙，他嚇壞了，忙喝止冷以烈：「冷哥，你瘋了，她是大小姐，也是咱的頂頭上司，你有話好好說，快把槍收起來，求你了！」

姍姍和冷以烈對峙一陣，冷以烈氣到把槍口轉到牆面，對牆扣動扳機連連打了幾槍，最後他把槍收起來，自己拿匕首刺自己的手，發洩他內心的焦灼不安和憤怒。

姍姍和小刀見狀嚇壞了。

「冷哥，你你你……你幹嘛這樣？」

「小刀，快，去拿醫藥箱來，我幫他敷傷口！」

「不用！我答應過夏至會好好照顧十月，現在十月的生死被妳抓在手上，這就像妳拿著刀一刀一刀的割著我全身一樣的痛，我這點傷算什麼？」

姍姍眼見冷以烈不讓人靠近，手上傷口的血不斷湧出來，她既心疼又難受，不得不忙說：「小刀，去把人給我放出來！」

小刀聽命，沒多久，十月氣色紅潤的走出來，冷以烈一見她，所有的擔心、著急就在這一刻化為溫暖，他上前一把將十月攬入懷中，緊緊地。

「十月，對不起，讓妳受苦了。」

「不！冷哥，我沒事，這位趙大小姐接我來這裡安置我，還找了醫生和看護廿四小時的照顧我，我才能痊癒的這麼快，真的好感激她。」

冷以烈一聽，一怔，忙鬆開十月，不敢置信的看向姍姍。

「大小姐？」

姍姍沒好氣的說：「你以為我是那種不知感恩圖報沒良心的人嗎？再怎麼樣你還是我旗下的大將，要是你不開心，我怎麼安心？」

姍姍撂下話轉身難受的離開，冷以烈這才瞭解，其實看似冷漠像是女漢子的姍姍，內心卻保有一顆十分柔軟的心，欠姍姍的這份情，未來他一定要盡力的輔佐趙家的事業和灘頭做為回報。

「冷哥，不好意思，讓你擔心了。」

「十月，我真的受不住妳再一次無聲無息的失聯，別走了，妳留在我身邊可以嗎？」

「冷哥，如風還在等著我回去，我出來幾天了，我怕他擔心我呢！」

「十月……」

「冷哥，我知道你要說什麼，我真的不甘心，我不想死的不明不白，就算要死，也要把這團迷霧解開，如果真有那麼一天，我還有命回來，我一定會心甘情願的完成我想要完成的夢，可以嗎？可以嗎？」

為了十月一句話，冷以烈再擔心、再不願意，他還是親自把身體已經痊癒的十月送還給易如風。

易如風一見十月回到他身邊，他欣喜若狂、喜極而泣，一再的感激冷以烈，並著急的問十月：「初雪，這十幾天以來，妳去了哪裡？妳知道我跟映瑤有多擔心、多著急嗎？」

聽著易如風在問十月，冷以烈難受，默默離開，每一次的離別對冷以烈來說都是椎心刺痛，也許就如十月說的，這是冷以烈跟十月之間的宿命，雖然他不相信，但十月信了，他又能如何？

帶著低落的心情回到趙府，忙向姍姍道謝，姍姍一見他回來，先是鬆了口氣，繼之明明白白的告訴他

「冷以烈，你別謝我，我要你記住，我願意為你做何事，那是我心甘情願的，唯一只有感情這件事，你千萬別踩踏我的底線，你聽著，我沒那麼偉大，明白嗎？」

冷以烈聽著覺得刺耳，他把姍姍扳過來，定定的看著她，斬釘截鐵的說。

「趙姍姍，保護妳是我的職責，這是我對趙老闆一輩子的承諾，人自重而後人重，也希望妳能公私分明，在我眼裡，妳永遠是我的頂頭上司，但千萬別介入我的私事，尤其是去動十月，否則，我們就不再是主雇關係，而是敵人，明白嗎？」

冷以烈撂下話離開，讓姍姍灰頭土臉十分難受，她抓起一旁的棍子，把所有能砸的全砸了、能破壞的全破壞了，為的是嘔著那一口氣，直到她累了，跌坐在椅子上，傷心發洩內心的孤獨和寂寞。

「爹走了，親情沒有了，唯一的愛情也讓冷以烈帶走、沒有了，我什麼都沒有了，老天爺，為什麼對我這麼殘忍？為什麼？」

趙姍姍哭了一陣，但慢慢的，她冷靜下來，眼神裡似乎並不打算放棄，燃起一股不服輸的企圖心，她要的東西，誰也不准跟她搶，就算十月也不行。

易如風把十月接回家，江映瑤一見十月，先是鬆了口氣，繼之忍不住幽怨的指責她：「初雪妹妹，妳究竟跑去哪裡？妳知道妳不見，我跟如風有多擔心、多著急嗎？」

「映瑤姐姐，對不起，讓您擔心了。」

江映瑤上前，幽怨的瞪著她：「妳是故意的對不對？妳明知道如風那麼在乎妳，妳為了證明在他心目中的地位，故意要躲起來，讓我們為妳擔心、為妳著急對不對？」

「映瑤姐姐……」

「妳的目的達到了，初雪，妳知道嗎？為了妳的傷，我失去了一個貼身的丫頭，還要忍受眼睜睜的看著如風為妳的事焦灼難耐，妳知道我看在心裡有多糾結、多難受嗎？」

「不是這樣的……」

「夠了，初雪，妳給我聽著，如果拿我換成妳，妳做何感想？」

「映瑤姐姐？」

江映瑤第一次說出她內心的幽怨不痛快：「我堂堂一個千金大小姐，為了一個情字，委屈求全、低聲下氣、愛屋及烏的接受丈夫的側室，這對我來說，是多羞辱、多糾結、多沒尊嚴的一件事。」

「映瑤姐姐，對不起……」

「妳別故作委屈可憐狀，要不是我深愛著如風，我怎麼可能讓如風跟妳這麼任性的為所欲為？」

江映瑤痛苦又委屈的續說：「我知道如風心心念念愛著妳，我願意成全，不是我度量大，更不是為了愛而委屈求全把自己傻到變成一個沒尊嚴的女人，我願意屈就咱們三個人擁擠的婚姻，那是我懂得犧牲、退讓，但水淹到脖子、蓋到鼻口，我一樣會做垂死掙扎的，妳最好別欺我，明白嗎？」

江映瑤撂下話，難受的離開，十月連解釋和反駁的機會也沒有，她回到自己的初雪樓，想起了自己坎坷的命運，不知得罪了誰，卻面臨接二連三被追殺的日子，之前她真的想找到兇手，誰知卻因為她的窮追不捨，在婚姻上擋到別人的路，傷害了另一個女人，這是她真不願意的事。

現在她十分掙扎，究竟自己是要繼續留在易如風身邊？還是放棄愛情回到冷以烈的身邊？她內心糾結極了。

為了江映瑤的一句話，十月輾轉反側直到天明，最後，她決定離開江家。天不亮，當她收拾好行李正準備離開，誰知她後門一開，突然一隻剛被殺的死雞竟然扔到她面前，把她嚇得差點沒命。

但這並沒有打消她離開的決心，她匆匆的推門出去，一帶上門，一個麻布袋往她頭上一罩，一記悶棍打了下來，她眼前一黑，厥了過去。

第二十一章

在初雪昏昏沉沉的夢中，她回想起當初跟易如風正熱戀中…

那一日，金秋時分，正是蘇州酒商豐收的季節，這天，所有村民都聚集在廣場上為著蹴踘（踢火球）比賽，笑著、鬧著、瘋玩著、緊張著，初雪為了贏得高額賞金，也挽起衣袖加入男人之中一較長短。

正當比賽進入輸贏高潮時，只見一位長相俊美的年輕人易如風一個鏇子飛踢降入場中，將球射給了屈居下風的初雪。

「如風？」

「初雪，接著！」

初雪一怔，看傻了眼，險些忘了踢，情急中，初雪回神順勢一踢，居然得分！

而令初雪意外的是接連的幾次易如風都將球有意無意的踢向了自己，像在故意做球給自己，初雪看著易如風俐落帥氣的身影，想著眼前的這個男人這麼俊逸又瀟灑，竟然喜歡的是自己，我這不是在做夢吧？

「初雪，還發什麼怔，快踢啊！」

初雪猛一回神，只見火球正向自己不偏不倚的襲來，她根本來不及出腳，易如風驚見，一時情急，忙迴旋一踢。

誰知這一踢，蹴踘的火星竟然掉入慶功宴的大酒醰內，一時火花四射引起了大爆炸，在場所有人驚嚇、驚聲尖叫、四散奔逃，場面陷入極度混亂，初雪的身影也消失在易如風眼前！

「初雪？初雪！～～～妳在哪裡！初雪～～～」

易如風撕心裂肺慌亂的到處尋找初雪，找了一陣，就在易如風快絕望時，突然，一個虛弱的聲音不知從哪竄了出來。

「如風，我在這兒呢～～～沒事，別擔心～～～我真的沒事。」

易如風聞聲，驚愕回頭，卻只見毫髮未傷的初雪正從塵土堆中狼狽的爬出來，她一面抹去臉上的土，一面朝易如風萌然一笑。

「還笑？真是沒心沒肺的丫頭」

易如風奔上前一把緊緊的摟住初雪幾乎哭出來。

「哭啥！我沒死，還活著呢！」

「妳真把我嚇死了！要是妳死了，我該怎麼辦？」

「噓！別說不吉利的話，咱都不死，一個也不能少，喔？」

望著初雪純真的笑臉，易如風的心卻一點一滴的被融化了。

天，突然飄起了微雪。

天仍然飄著雪，或者說打從初雪與易如風相識以來，這天就未曾放晴過，初雪不禁哀嘆。

「初雪啊初雪，妳怎麼每到緊要關頭就遇到下雪啊！」

話說初雪出生的那天，蘇州降下了一場暴雪，這場雪斷斷續續的下了有一個月，初雪父親抱著剛滿月的小初雪，忍不住叨唸著

「什麼時候才不下雪啊，快點停雪吧！」說也奇，當初雪父親這麼叨唸的時候，雪卻真停了，於是這才有了初雪這個名字。想起最愛的父母，初雪很不捨，她耳邊先是響起了父母嚴厲的反對聲。

「這個易如風究竟是什麼樣的來歷？又是什麼樣的人品，我們什麼都不知道，怎麼可能讓妳嫁給這樣的人？我不答應！」

「爹！」

另一方，易如風鐵錚錚的對她許下生死承諾。

「初雪，相信我，我易如風就算付出我生命的全部，哪怕是用盡一生的時間，我都會陪在妳身邊，照顧妳、愛惜妳。」

初雪相信了。

不只相信，她還做出大膽的決定，趁著天未亮、父母還熟睡，她整理好行囊，叩別了父母，準備來個先斬後奏，搭上了火車，一路往上海的方向奔去。

十月幽幽然醒了過來，想起了過去和易如風結下的這段情緣，也為了他，如今每天都覺得不知是明天先到、還是無常先到，她的愛情不知道擋到了誰的路，為什麼必須活的這麼顫顫兢兢，她也以為這次肯定沒命了，誰知當她醒過來時，卻發現自己居然躺在初雪樓自己的床上，這究竟又是怎麼回事？

十月頭上不知何時已讓人包紮著傷口，她見屋內沒人，掙扎的爬起，看著外面陽光初露，於是強撐著頭痛，步出初雪樓，走到庭院曬曬太陽、透透氣。

十月沐浴在陽光下，心情頓覺輕鬆不少，卻隱約聽到易如風和易父、也就是易貴旺的對話，她本不想去介入他們父子之間的事，但基於這些日子來發生了那麼多事，挑起了十月的好奇和敏感的神經，她悄悄的踅過去暗處看著。

易貴旺一副猥瑣的低著頭不敢看易如風，易如風不悅，埋怨他。

「要不是念在我們父子一場，我大可不管你的事，何況你做的那些事都讓我一一拆穿，你還有臉來跟我要錢？」

「如風，要不是讓錢給逼急了，能做人，誰願意低聲下氣像條狗似的出現在你面前？」

易如風又氣又無奈，把一張銀票扔給他。

「這是最後一次，走，我不想再見到你！」

易貴旺拿起那張銀票看了看，冷著臉。

「你打發狗嗎？我就值這麼點錢？」

「我不是開銀號的，就算是，也禁不起你這麼揮霍，我的每一分錢都是辛辛苦苦賺來的，你別忘了，我會娶映瑤，這是誰給逼的？」

易貴旺一聽，不得不，只好拿錢走人，但似乎不是那麼愉快，易如風見他走，這才鬆了口氣離開。

晚上，十月躺在床上，一直想著白天易如風跟易貴旺的對話，她一直想著究竟他們父子之間有什麼事是瞞著她跟江映瑤？而易貴旺雖是易如風的父親，一個做父親的憑什麼敢一再的要脅自己的兒子易如風？

還有，她明明被打昏在後門，為什麼醒來會在自己的床上？加上這一連串發生的事，讓她好迷惘。

這一晚，十月睡的十分不安穩，正當她翻過身來，突然，一個黑影由外被丟了進來，她一嚇，忙睜開眼一看，赫然是一隻沾滿鮮血的布娃娃？

十月驚跳起來，但冷靜之後膽子橫向生，忙輕聲輕腳的追了出去，反正再壞也就是死，不找出躲在暗處的兇手，她不甘心。

當她追到迴廊，突然，易如風風塵僕僕的提著公事包由公司回來，一見穿著睡衣打赤腳的十月，十分不解。

「初雪，怎麼了？外面天涼，妳怎麼沒披個外套就跑出來？」

「如風，你剛剛有看到什麼人從我房間那頭跑過來嗎？」

易如風搖頭。

「初雪，我聽說了，最近妳老是疑神疑鬼的，告訴我，妳之前不是這樣，現在怎麼會？……」

初雪回到初雪樓房間，把她遭遇的一切全說給了易如風聽，並察言觀色的望著易如風的反應，誰知易如風聽完，反而笑她太敏感、也太會想像，不過，我倒忘了，妳現在是糊塗了，才會產生這麼多的幻覺。

初雪定定的看著他。

「我是糊塗了，但這真的是我的幻覺？是嗎？真的是這樣嗎？」

易如風疑惑的看著她。

「初雪，我承認最近我公司十分忙碌，為了工作，冷落了妳，讓妳產生這麼大的不安全感，對不起，以後我多留點時間陪陪妳，哦？」

「如風，夏至的死，你不覺得很蹊蹺？」

初雪紅著眼眶看著易如風。

易如風一聽，將她攬入懷中，忘情自責。

「初雪，怪我，都怪我，如果時間能夠重來，我絕對不會讓她們去接你們母子，對不起。」

十月的淚早流乾了，就算易如風怎麼道歉，她早已不上心頭。

易如風答應今晚要留下來陪她，這是她進江家門之後，第一次主動要留下來，照理說，這是她這輩子這麼深愛過的男人，現在能重新回到他的身邊，十月應該是高興，但她沒有，看著易如風，她心裡好複雜，前塵往事不斷的在她心裡翻攪。

才正要躺下床，管事趙叔急匆匆趕來敲門，說是公司有急事要處理，易如風有點尷尬，但十月要他以事業為重，希望他跟趙叔快去處理。

易如風走了，十月鬆了口氣，躺下來，她輾轉難以成眠，想起了那一天，因緣際會讓她看到易如風，原本她想走過去，誰知易如風約了天熹紡織廠的少東季朝陽碰面，她只好退到遠處等著，誰知卻讓她聽到不該知道的事。

原來易如風是天熹紡織廠真正的少東，當年一個陰錯陽差，兩人被抱錯，身分互換，易如風希望季朝陽跟他把身分換回來，但季朝陽覺得易如風一派胡言，堅持不肯，兩人大打出手，無憑無據的易如風要季朝陽等著，他會找出證據

沒多久，易貴旺找來，一見易如風和季朝陽，他知道事跡敗露，轉身想逃，誰知卻被易如風一把撈回來，易如風跟季朝陽逼易貴旺把當年的往事做一次說清楚，這是攸關兩人身世的大事。

易貴旺傷心的一把鼻涕一把眼淚提起往事，原來當年易貴旺的太太跟季太太兩人同一時辰要生，偏偏產婆只有一位，也就因為這樣，兩位產婦只能到產婆那裡生產，可能是忙中出錯，誰知這一錯，卻改變了兩個小孩一生的命運。

季朝陽原本是易貴旺的兒子，產婆這一錯，他成了天熹紡織廠的少爺，而易如風卻成了易貴旺的兒子。

當時易太太因為家窮，月子又做不好，沒多久受了風寒，一命嗚呼哀哉死了，易貴旺為了太太的死，心情鬱悶，加上孩子整天哭鬧，他藉酒澆愁，誰知卻染上酒癮，從此他天天醉臥街頭，當酒館老闆問他要錢，易貴旺拿不出錢，就把易如風押在酒館，

也因為這樣，易如風從小到大，都在酒館裡幫人洗碗、看人臉色，直到十六歲那一年，

他終於在因緣際會下澈底的擺脫易貴旺的糾纏，走出屬於他自己的人生。

十月並不知道究竟易如風是怎麼知道他身世的事，但那一天，她看到易貴旺把這事實的真相在季朝陽面前說出來，季朝陽直斥無稽之談，何況他的父母已在不久前相繼意外過世，他怎麼能憑易貴旺一面之詞就決定他那可笑的身世。

甚至，他質疑堂堂一個地產集團的上門女婿易如風，為了他手上握有一堆的地產，竟然和易貴旺父子兩人聯手編造一齣狸貓換太子的戲碼，要奪取他的人生，太荒謬了。

季朝陽轉身要走，誰知易如風不願意讓，兩人打了起來，也是這一幕，讓十月不顧冷以烈是如何的反對，她還是決定要回到易如風身邊

想不到那一日之後，聽到常克行說了，季朝陽不知去向一事，十月懷疑，這事可能跟易貴旺有很大的關聯，但她誰也沒說，包括冷以烈。

由於上一回冷以烈誆過一次杜老闆，杜老闆一直懷恨在心，偏偏在冷以烈扶持下的趙姍姍，如虎添翼，加上上海灘一些人是看風向的，在形勢比人強之下，杜老闆一直想揪冷以烈的痛處，只要打倒他，那麼，憑趙姍姍一個丫頭片子，加上鳳姐，我姓杜的肯定接手趙大山留下的灘頭事業

偏偏他手下全是一批爛泥扶不上牆，讓杜老闆咬牙恨恨，他想著，總有機會吧！不！是一定要有機會的。

那一晚，鳳姐讓冷以烈回到家，說有事要宣佈，冷以烈一聽，以為鳳姐出了什麼事，急匆匆的奔回家，只見鳳姐和玥玥在，讓他更訝異的是，小刀竟然也在。

「鳳姐，這是怎麼回事？」

鳳姐笑說，「你說呢？雖然我不贊成這件事，可玥玥跟小刀說他們相愛了，你說我能怎麼辦？」

冷以烈一聽，忙看向玥玥，再看向小刀，兩人皆有些害臊，冷以烈一把揪起小刀的胸前衣服。

「告訴我，這是多久的事？」

小刀還來不及說，玥玥著急忙護著小刀。

「冷哥，要是你敢傷害小刀，我玥玥可是跟你沒完沒了！」

冷以烈這下看明白了，原來他們兩人是真心相愛，他鬆了口氣，鬆開小刀。

「小刀，你一定要好好的照顧玥玥，要不，我肯定饒不了你。」

「冷哥，鳳姐，我就算跟老天借膽，也不敢欺負玥玥，她可是我追了多久才追到手的。」

「行！要是你真心愛玥玥，你馬上帶她離開這裡。」

「為什麼？」

冷以烈明明白白的告訴他：「江湖是一條不歸路，命是向老天借來的，也許明天、也許後天，遲早都要還的，我這是為了你跟玥玥好。」

鳳姐也說話了：「沒錯，沒有一個男人結了婚，還讓他妻子繼續留在舞廳伴舞，除非是拆白黨，我也不希望玥玥留在這裡。」

小刀和玥玥聽二人一說，往心裡去，這一晚，鳳姐和冷以烈為小刀和玥玥整理好行囊，兩人都把這一陣子賺來的錢全給了小刀二人，兩人感動不敢收，但鳳姐和冷以烈堅持，就這樣，在天色微亮之前，小刀二人依依不捨的向鳳姐二人道別離去。

誰知冷以烈趕到趙府正要向趙姍姍報告小刀二人辭職一事，趙姍姍卻氣急敗壞的向冷以烈說：「小刀和玥玥死了！」

冷以烈一聽，驚駭傻住。

第二十二章

淒風苦雨，兩坏黃土，鳳姐趕到，她再也無法承受，崩潰、自責，不斷的捶胸頓足，怪罪玥玥和小刀全是讓自己給害死，甚至還幾乎哭昏厥倒。

冷以烈心裡的罪惡感不比鳳姐少，他連立馬衝去殺人的心都有，但江湖有江湖的規矩，雖然知道小刀跟玥玥是杜老闆為了報復他而派人殺的，只是手上無憑無據，再怎麼悲憤也不能為他們兩人報仇

他突然好恨自己怎麼這麼無能，一個是他的好兄弟，一個是視如妹妹的養妹，現在他只能站在他們的墳前，扶著哭昏的鳳姐，除了自責，還是自責，這是他最無奈的時候。

回到趙府，趙姍姍氣壞了，要冷以烈召集所有的兄弟去向杜老闆討回這個公道，冷以烈不答應，趙姍姍反質疑冷以烈之前的氣魄到哪裡去了？更何況小刀他們兩人是你的親人，也是你最得力的助手，你可以任著杜老闆欺負到咱們趙家的頭上來？

一句句的逼問，冷以烈的心像萬箭穿心、刀在割肉般的痛苦，但他瞭解，現在不是逞兇

鬥狠的時機，他必須做好萬全的準備，才能為小刀二人報仇。

沒想到他還來不及想清楚，鳳姐居然先一步跑去找杜老闆，冷以烈得知，忙追去，一到杜老闆家，鳳姐一把匕首狠狠的插在杜家的茶几上。

杜老闆問鳳姐瘋了，妳這是幹嘛？鳳姐悲憤的指責杜老闆。

「明人不做暗事，今天這把匕首插在這裡，如果你不給我一個交代，我一定讓你血債血還！」

杜老闆嗤之以鼻，認為鳳姐這是欲加之罪何患無詞，希望她留點面子，免得自找難看，並請她回去，誰知鳳姐指責他不看僧面也要看佛面，「你毀了我兩個孩子，今天你不還我一個公道，我絕對不會走！」

杜老闆冷笑，「打從趙大山走了之後，妳沒了倚靠，我十分同情妳，但我不穿人家不要的舊鞋，如果妳……」

鳳姐再也受不了，怒甩他一巴掌，這可激怒了杜老闆，正當兩人對峙時，冷以烈趕到，並要杜老闆跟他把所有的恩怨情仇做一次償還，誰知杜老闆不但不屑，還嗤之以鼻的羞辱二人，這可把鳳姐二人給激怒。

杜老闆仗著對方沒憑沒證，極盡嘲諷之能事，沒想到趙姍姍卻召來上海灘的大老主持正義，並找出杜老闆手下殺害小刀和玥玥的證據，這下杜老闆傻眼，在大老主持正義之下，杜老闆必須三刀六眼血債血還給小刀二人。

杜老闆不得不抓起匕首，往自己的大腿刺下三刀六眼，才結束這一場恩怨，這也造成杜老闆咬牙恨恨，發誓總有一天一定要除冷以烈及趙府這些人而後快。

十月不知冷以烈遭遇到那麼大的事件，她一直想著怎麼找到那個戴著威尼斯人面具的人。

這一天，常克行又來找江映瑤，正好江映瑤心情低落，加上常克行的溫柔體貼，一下子讓江映瑤找到倚靠和傾訴的對象，誰知這反而成為易貴旺抓到的把柄，他趁著易如風回來的時候，把常克行和江映瑤的事加油添醋的擴大事端，一下子讓易如風醋勁大發，一狀告到江家二老那邊去，希望江家二老能管管自己的女兒。

江平之夫妻不相信江映瑤跟常克行有什麼見不得人的事，反而拿易如風和初雪糾結的情感說事，易如風告狀不成，江平之卻在江氏地產這頭縮緊銀根，等於易貴旺想從易如風身上撈錢沒撈成，反而拖累了易如風，讓易如風又氣又惱。

十月其實應該是十分關心和緊張易如風受到這樣的打擊，但不知道怎麼地，她覺得曾經那麼相愛、拼死拼活一定要在一起這麼親密的人，怎麼現在變得這麼生疏？

更坦白一點的說，打從她進了江家之後，她就沒跟易如風行夫妻之實，這對十月來說，那不是重點，畢竟易如風是她這輩子的初戀，也是最愛的人，只要能跟他在一起，哪怕是遠遠的看著他，知道他活的幸福、快樂，這就夠了。

只是這一陣子以來，發生了太多的事，她跟易如風談過，易如風似乎也不上心頭，這才讓十月心裡覺得時間真的是一帖無情藥，怎麼在一起了，反而不在乎了？

但身為側室，說到底，就是個妾，她必須有自知之明，免得造成易如風為難，也讓江家二老及江映瑤認為她不知禮數，直到有一天，江映瑤找她喝茶，她整個人都矇了。

那是一個陽光普照的下午，江映瑤找了丫頭來邀十月到庭院去喝西式的下午茶，這對從鄉下來的十月來說，是一件十分時髦的事。

十月對江映瑤一向是恪守她該有的分寸，江映瑤是有一句、她答一句，江映瑤先是誇她長的好看、又懂得進退，難怪易如風再怎麼樣也要把她帶回身邊。

「初雪妹妹，這一陣子以來，如風夜夜讓妳照顧，辛苦妳了。」

十月一聽，怔住，但她沒說破，笑而不語，但江映瑤這句話入了她的心，她一直以為易如風每晚都在江映瑤房間留宿，怎麼會？

十月心裡有好多的疑惑，易如風沒去江映瑤房間，也沒到她房間，那他晚上睡在哪裡？十月不是吃醋，而是她更想弄明白究竟這是怎麼回事？

十月看到易如風一個人在深夜的書房，心情鬱悶，竟然藉酒澆愁，這是她從沒見過的易如風，讓十月十分心疼，她主動進去，問他怎麼回事了？

「男人的事，妳不用操心，我自己來想辦法。」

「是資金的問題？我聽江家老爺說了，如風，我能幫上你什麼忙嗎？」

「初雪，有妳這句話就夠了，但這忙妳真幫不上，妳只要安安靜靜的別讓我擔心妳就好了，哦？」

十月是個明白人，她聽易如風這一說，只能悄悄的隱退出來，原本想回初雪樓，誰知道眼前不遠處閃過一道黑影，基於好奇，十月悄悄的跟上，那道黑影竟閃入易如風的書房，十月擔心易如風的安危，忙追了過去想提醒他，誰知道等她一進去，卻發現易如風和那黑影不見了？

十月愈來愈覺得江家裡面大大小小有太多不可思議的人和事，她真心的擔心易如風的失蹤跟那黑影有關，為了易如風，她不得不去找江映瑤。

江映瑤的門是敞開的，燈也是亮的，但卻不見她的人影，十月心急，忙留在江映瑤的房間等，一個不小心把之前冷以烈送給她掛在手上的佛珠給擰掉，佛珠散落一地，十月著急，忙蹲下來撿拾，沒想到讓她震驚的是，江映瑤床底下竟然有一張威尼斯人的面具？

十月看著手上那張威尼斯人面具，十分憤怒，一向她是那麼的尊重，不，應該是敬重江映瑤這個大姐，江映瑤也在易如風面前展現她十分大氣的一面接受她這個妾侍，沒想到這一陣子以來，江映瑤竟然是千方百計想殺她的兇手。

十月拿著那張威尼斯人面具在迴廊等著，今晚就算是生是死，她一定要弄個明白，不是為自己生命的安危，連夏至的命也算上，她是抱著這樣的決心等著揭穿江映瑤這個假面的夫人。

誰知那個黑影竟然追過來敲昏江映瑤，江映瑤昏倒在地，而那個人赫然戴著威尼斯人面具跑了，這下讓十月錯愕又震驚，原來戴著威尼斯人面具的不只是含青、常克行、江映瑤、紫嫣，還有其他的人，這可把十月攪糊塗了，兇手是誰？兇手有好幾個，但真正的兇手是誰？十月完全無法揣測，這究竟是怎麼回事？

江映瑤昏昏沉沉醒過來時，發現她人居然躺在床上，而照顧她的，赫然是初雪，她錯愕，忙坐起來，問初雪這是怎麼回事？

十月反問江映瑤：「我也很想知道這是怎麼回事？為什麼妳的床底下有威尼斯人的面具？昨晚還有一個戴著威尼斯人面具的打昏妳，我不懂，我真的不懂，到底這是怎麼回事？」

江映瑤嘆了口氣：「這輩子我做人女兒不像女兒，做人妻子不像妻子，做人主子不像主子，活到這把年紀，我做人真的好失敗。」

「映瑤姐姐，雖然我們相識不久，但緣份很深，如果不是妳，我們不會結下十月雪的緣份，更不會跟妳成了姐妹一起侍候如風，妳這麼雍容大度，如果妳說妳做人失敗，那我不是天地不容了？」

「初雪妹妹，我今天就跟妳把實話說了，一開頭，我爹娘不樂意讓如風收妳，為了這事，我千求萬求，希望我爹娘成全妳跟如風，誰知含青把這事攬在身上暗地幫我出頭，所以……」

這事又勾起十月的痛處，十月介面：「所以含青戴著這威尼斯人面具害死我的兒子？」

「初雪妹妹，我真的不知道她怎麼會做出這麼喪心病狂的事，雖然我不是指使者，但身為她的主子的我，我罪無可逭，我……」

十月淚早已流乾，她進江家，也是圖個明白，她淒涼再問：「映瑤姐姐，妳不會告訴我，在雞湯內下毒、在您的房間外出現戴著威尼斯人面具的還是含青？她可是死了啊！」

「不是她！」江映瑤斷然的說。

「那是誰？」

「我也一直在找尋答案，誰知道……」

「兇手是誰？」

「紫嫣。」

十月錯愕，她想起在醫院，當她受傷那麼嚴重的時候，為了找出兇手，十月奮力揭開那張威尼斯人面具後的人，果然就是紫嫣。

「是她？這又是為了什麼？她不是常克行先生介紹給妳的，難道那天我在後門見到那個戴威尼斯人面具的人是常克行先生？」

「不可能，克行不是那種人。」

「紫嫣後來不是離開了，那又會是誰？」

「初雪妹妹，一向我們江家平平靜靜吃著安樂飯，但自從妳進門之後，卻發生那麼多不可思議的事，是妳把這個謎團、這些人給引進我們江家的，我沒過問妳，妳怎麼反倒來問我？」

「映瑤姐姐，我就是為了這事才進江家來，何況，是您千求萬求要我來的，您忘了嗎？」

「初雪妹妹，既然今天咱姐妹倆把話說開了，我也不怕妳笑，其實……我跟如風只有夫妻之名，並沒有夫妻之實。」

十月一聽，十分的震憾。

「怎麼會？映瑤姐姐，這是真的嗎？我以為他不踏進初雪樓是為了彌補妳，沒想到……」

十月突然覺得背脊一陣涼，她還來不及說話時，易如風聽到江映瑤出事一事，匆匆趕回來，不但向江映瑤道歉，也向十月道謝，十月什麼話也沒說，只希望易如風今晚能好好的陪在江映瑤身邊，便悄悄退出去。

十月並沒有回到房間，她一個人怔怔的坐在後院直到天明，那些前塵往事從來沒有遺棄過她，她覺得十分的悲涼。

就在她準備回房間時，一支竹蜻蜓由後院高牆外飛了進來，十月先是一怔，繼之心情莫名的驚喜，她忙開了後門出去。

是冷以烈，他終於來看她了，冷以烈仍是酷酷的一張臉，但十月見到他，這一陣子以來所有的委屈、害怕、擔心一下子全湧上心頭，她忍不住淚，笑的淚都爬滿了她一張漂亮的臉。

「冷哥，你怎麼來了？你這一陣子還好嗎？」

冷以烈好想抱抱她，一吐思念之情，但他克制住了，不是他不想她不愛她，而是，他已經把十月送到她最愛的人的身邊，她已嫁做人婦，冷以烈再怎麼樣也不能把情感表露出來。

「十月，好久不見了，我擔心妳，妳還好吧？」

「冷哥，你說呢？」

千言萬語，十月這一句話讓冷以烈糾心極了。

「易老闆不是一直陪著妳？」

「如風每個月十號都一定要遠行，他還有映瑤姐姐陪著呢！再說了，現在如風的銀根被江老闆給縮緊了，他必須打起十二分的精神去經營公司，不是嗎？」

十月不能讓冷以烈擔心，但冷以烈卻把這話聽進心裡，回到趙府，冷以烈思前想後，透過十月的轉述，江映瑤、易如風、易貴旺、常克行及季朝陽，怎麼發生這些無法連結在一起的事，他必須好好的把這些結一一抽絲剝繭抽個清楚明白，唯一最快的方法，就是找到線團的源頭。

這一天，冷以烈決定出遠門，誰知，卻讓他看到不該看的事，他震驚不已。

第二十三章

初十這一天，易如風如同往常一樣要去蘇州出差，十月和江映瑤二人送走他之後，江映瑤邀她一起出去外頭散心。

十月一想也是，打從她進江家門之後，除了受傷住院那一陣子，她幾乎沒踏出過江家門，但這一回，除了司機，江映瑤沒讓丫頭陪著。

車子一路駛向上海郊區後山上的路，十月看到此情此景，回想起當初穿著嫁衣，一路懷著希望和憧憬，一心想嫁給她心愛的易如風。

而江映瑤心情亦是百般糾結，就在當初的涼亭前，她叫住司機停下。

兩個女人就這樣在這涼亭內站著，彼此心裡都在翻騰，久久地，最後，還是江映瑤先開口說了。

「初雪妹妹，如果當初我們兩個沒有在這裡相遇，妳沒跟我交換頭花、互相祝福的話，不知道有多好。」

「映瑤姐姐，如果人生能夠重來，我想跟妳當朋友，絕對不當姐妹。」

「為什麼？」

「一輩子愛一個男人，那是幸福的，只可惜，我的男人多愛了一個人，那是我的遺憾，也是您的不幸。」

「初雪妹妹，如果我說，現在咱們就回到過去，妳……願意嗎？」

十月不解的看著她：「映瑤姐姐，妳這話是什麼意思？」

「初雪妹妹，妳冰雪聰明，應該明白我的意思，不是嗎？」

十月當然明白江映瑤的暗示，除非她不愛易如風，除非她可以對易如風死心，那麼，所有的一切重來，她還是願意的，只是，她對易如風還是有很深的感情，那是江映瑤無法瞭解的。

十月感嘆著：「映瑤姐姐，其實，我也想回到當初，如風將會是我一個人的，咱不必三個人擠在同一個婚姻裡，但是，怎麼辦，人生回不了頭，咱們也回不了過去，不是嗎？」

江映瑤定定的看著她：「初雪妹妹，如果我說妳退出這三個人擁擠的婚姻，再去找個人名門正娶的嫁，不必再委屈的跟我同爭如風的愛，妳可以嗎？可以嗎？」

十月什麼都明白了，這世間沒有一個女人可以容忍另一個女人一起共同分享同一個男人，江映瑤沒那麼大氣，十月也不可能大方，那麼，一切就結束吧！

但是，這是她跟江映瑤兩個人的決定，易如風他同意嗎？可能嗎？

當這兩個女人在談易如風的歸屬問題的同時，易如風並不瞭解，原來冷以烈把初雪的話上了心，他悄悄的跟在易如風後頭去到了蘇州，沒想到他看到了易如風竟然帶著鮮花素果去初雪父母的墳頭上香。

冷以烈目睹易如風對著初雪父母的墳前再三叩首，連他都沒想過，而易如風卻為初雪盡到為人子女的孝道，這讓冷以烈十分感動，也鬆了口氣，轉身想離開。

誰知他才走沒幾步路，就被遠處正盛開的棣堂花給吸引住，由於棣堂花是四~五月份開的花，也可做成草藥，冷以烈開心，忙去採取。

正當他採著棣堂花時，一抬頭，卻見眼前一棟十分別緻的小別墅，他還來不及反應，卻見一名戴著威尼斯人面具的人正倚靠在窗邊，冷以烈震驚，正想過去問他，誰知他才一起身，背後有人由後往他頭上一敲，他隨即眼前一黑，厥倒。

冷以烈在昏昏沉沉之中醒過來，等他一睜開眼，發現易如風、常克行和江映瑤、十月都出現在他眼簾。

「冷哥，發生什麼事了？還好如風在半路上發現你，把你送醫，要不，以後我再也見不到你了。」

十月激動崩潰哭著跟他說，其實，別說十月，連冷以烈自己也不明白，這究竟出了什麼事？

十月決定要留下來照顧冷以烈，畢竟他曾照顧十月跟夏至好多年，現在病房內所有人全退出去，只剩冷以烈和十月，十月心疼的為冷以烈端茶餵飯，冷以烈好希望所有的時間全靜止在這一刻。

「冷哥，告訴我，為什麼去蘇州？你……跟蹤如風？」十月笑了起來：「冷哥，他是最愛我的人，也是我最愛的人，你怎麼也懷疑起他來？」

是啊！冷以烈確實親眼看到易如風代十月去她父母的墳前上香，別說十月，連他都沒做到這一點，難怪易如風值得十月去愛。

冷以烈突然想到：「十月，有誰知道我去了蘇州？」

「冷哥，你怎麼這麼問？」

「我只是想確定一下，所以……」

「冷哥，沒有人，包括我在內沒人知道你去了蘇州。」十月猛然一想：「該不會又是杜老闆那一掛的人？」

「我問妳，妳家附近有一間白色的別墅嗎？」

十月搖頭：「冷哥，我出來那麼多年了，就算有，也有可能是後來再蓋的……你怎麼會這麼問？」

冷以烈見病房外沒人，他低聲的說：「別墅裡面有個戴威尼斯人面具的人。」

十月嚇了一大跳：「怎麼會？」十月猛然恍悟：「這麼說，傷害你的那個人跟杜老闆他們無關，而是跟我……有關？」

冷以烈要她別透露太多，顯然在十月身邊，還是有人前僕後繼的想傷害十月的人，而且，無所不在，這才叫十月和冷以烈膽顫心驚，但這個人是誰呢？

兇手不只傷害了十月和夏至，現在江映瑤也受牽連，連冷以烈這個在上海灘舉足輕重的人也被捲進來，冷以烈太不放心把十月放進江家，他勸十月跟他走。

十月歷經這麼多的驚嚇，要她走，一來她實在捨不得、也放不下對易如風的感情，二來，也失去她進來要為死去的夏至找出真正兇手的目的，她真的不甘心極了。

私人的事還沒解決，趙姍姍又仗著主子的名義找上醫院，把所有人給支退，包括十月，冷以烈不樂意，向趙姍姍請假，並執意要十月留下來陪他。

趙姍姍還沒說，十月知道自己是易如風妾侍的身分，識趣的從冷以烈的病房退出來，誰知她走到醫院後的小徑，竟然發現身後有一個戴著威尼斯人面具的人，這次十月帶著把命豁出去的決心，直直的走向那人，邊走邊咬牙恨恨的逼問。

「你是誰？有本事你直接殺了我，為什麼要害死我的孩子？為什麼？為什麼？」

那個戴威尼斯人面具的人看到十月不但沒有驚嚇，竟然還這麼勇敢的向他宣戰，突然嚇到了，轉身想逃，卻被十月衝上前一把扯住他的衣服，那人嚇的翻跌在地上，十月上前一把扯開他的面具，赫然發現他竟是易如風的父親易貴旺。

「爹？怎麼是你？」

易貴旺驚甫未定，畢竟有點年紀了，想逃也逃不了，想遮臉也遮不住，他十分窘迫尷尬又難堪，但似乎也豁出去了，他忙站起來。

「對，是我，那又怎麼樣？」

十月崩潰的逼迫上前：「為什麼？這是為什麼？過去如風敬您為父，您卻從小到大把他押在一個又一個的酒館去做奴隸抵債，等他長大了，您又不顧他的愛情，再一次做主他的婚姻，支配他的人生，您不覺得您枉為人父、枉為人公公嗎？」

易貴旺吃驚的看著她：「初雪，妳妳妳都知道了？」

十月痛心地：「那一天，你、如風、還有那個季朝陽先生所說的，我全聽見了。」

易貴旺錯愕。

十月繼續痛心的指責他：「爹，我知道我家窮，我們初家沒江家財富權勢，但我跟如風相愛，甚至還有我們的兒子，夏至他可是您的親孫子，您怎麼可以這麼狠心，連他也叫人給殺了，您怎麼可以這麼殘忍？怎麼可以？~~~」

易貴旺矇了，慢慢的，他弄明白了，站在天秤的中間，他再笨也要表態。

「沒錯，映瑤他們家是什麼樣的家世？你們初家又是什麼樣的背景？別說我，連如風也不會笨到去娶妳！更何況，那個孩子的不幸不是我造成的，我沒害死任何人！」

十月恨恨的看著易貴旺的眼睛：「爹，你敢說夏至的死，你真的是局外人？」

易貴旺回給他的是一個堅定的眼神：「沒錯，我這個人不是什麼好人，但也不至於壞到連一個小孩都殺，殺夏至的人，我確實不知道！」

十月還要說，易貴旺趁機逃掉，十月似乎弄明白了一些事，但更多的是不明白，她不明白她在婚姻當中，並沒有去強出頭，也沒擋到江映瑤的路，何況，江映瑤也跟她把心結揭開了，為什麼易貴旺還是要排擠自己？

唯一十月想通的一點就是，易貴旺現在在江家得不到任何的好處，易如風也因為讓易貴旺這一鬧，不但失去江平之的信任，連銀根也抽走不少，易貴旺把這一切的懊惱全渲瀉在她身上，才會對她做出不理性的行為，這點十月她可以原諒。

趙姍姍放下上海灘趙府千金大小姐的身分，留在病房侍候冷以烈，趙姍姍見冷以烈十分冷酷，完全不像之前看十月的眼神，她心裡難受極了。

「冷哥，其實，我在國外有一段讓我痛澈心扉的感情，那一段感情，如今我回想起來，就像刀在割肉似的難受，但為了爹的死，取代了感情的痛，我再怎麼不甘心，也只得放下。」

冷以烈聽趙姍姍這一說，眼睛抬了一下，看了她一眼。

趙姍姍背著他說：「冷哥，其實，我並不是真心想要做什麼上海灘的女大亨，我只想做一個被自己喜歡的男人寵愛的小女人，但怎麼辦，我的命就是不好，過去沒找到一個真心疼我的男人，現在找到了，可他心裡沒有我，你說，我該怎麼辦？」

「大小姐！」冷以烈知道趙姍姍的心思，但他不忍心傷害她。

趙姍姍見他不說話，乾脆直接了當的說了：「冷哥，只要你一句話，我什麼都給你，只要你讓我一輩子陪在你身邊，這樣也不行嗎？不行嗎？」

趙姍姍一個那麼好強的女人，已經把她的底限赤裸裸的攤在冷以烈的面前，他真不知怎麼面對趙姍姍才好。

回到家的十月，心力交瘁的癱在初雪樓的床上，一天一夜不吃不喝，也沒走出初雪樓，她以為易如風會發現，但前來探視的是江映瑤和常克行，問她是不是去照顧冷以烈太累了？冷以烈現在傷勢還好嗎？

十月一副悲傷的搖搖頭，把常克行二人嚇了一大跳：「初雪妹妹，怎麼了？難道冷以烈他……」

十月搖頭，說他沒事了，常克行二人這才鬆了口氣，江映瑤坐下來執起十月的手：「初雪妹妹，妳心裡肯定有事，要不，一向笑臉迎人的妳，還不致於冷面相對，哦？」

十月悲涼的看著江映瑤二人：「映瑤姐姐，我抓到他了，他也承認了，他怎麼可以……」

「他？他是誰？誰又承認什麼？」常克行納悶。

江映瑤猛然一醒，忙問：「初雪妹妹，妳是說……」

十月難過的點頭：「他承認是威尼斯人面具的主人，但不承認他害死了夏至。」

常克行聽明白了，他追問：「那個人是誰？妳說，咱現在就報案，立馬將這個人給抓起來，一命抵一命。」

十月搖搖頭：「沒有證據，他不會承認的！何況，會讓如風為難的。」

「如風為什麼要為難？難道……？」

江映瑤訝愕的叫出來：「是易貴旺爹？妳確定？妳當場抓到？」

十月點頭，江映瑤追問易貴旺那麼對妳，究竟他想做什麼？十月茫然的望向江映瑤，江映瑤明白了，她向十月道歉。

「初雪妹妹，對不起，我現在知道了，爹他肯定是為了維護我，才去傷害妳，我真的沒想到……以後我該怎麼面對妳？」

常克行看著這對妻妾，他是真心的為她們兩個女人抱不平，要不是易貴旺，也許江映瑤可以跟他在一起，初雪也可以如願跟易如風成雙成對，這一切的罪魁禍首都是易貴旺，他真

打心裡瞧不起那個猥瑣的老人

只是，易如風人呢？無論如何，初雪和江映瑤不好說，但他是局外人，他一定要好好的叫他管好自己的爹才行。

沒想到常克行這一參奏，反而為易如風又掀起另一個更大的風暴。

第二十四章

江家的大廳上，氣氛十分僵凝，尤其是江家二老的臉色十分難看，易如風是又氣又著急的等待，常克行一副等著看易如風如何面對和解決，只有江映瑤，她夾在所有人當中十分為難，也為易如風擔心、著急。

身為妾侍的十月，淚和恨早已不上心頭，但她還是躲在外面，等著易如風能還給她一個公道。

「如風，你爹呢？找他過來！」

「爹！我已經派人到處找他，到現在還沒有他的下落……」

江平之怒拍桌子跳起來，指著易如風罵。

「易如風，過去我欣賞你的人品，做起事來十分大氣，對商場下手快狠準，加上我女兒戀慕你，為了我女兒，我不得不任由你那個爹人五人六的開高價促成你跟映瑤的婚事，可現在你跟映瑤成親多久了？你都幾歲的人了？你不會告訴我，你爹的所做所為，你做不了主、控制不了他一直的拿你跟映瑤的婚姻來威脅勒索，更讓你那個妾也被他玩弄於股掌之間，這會不會太荒謬？你這兒子是怎麼做的？啊？」

十月，包括江映瑤和常克行都在等著易如風的回覆，易如風心情十分糾結，在找不到易貴旺的同時，他只能向江平之道歉。

「爹，我承認我爹綁架了我的人生，也勒索了我的終身大事，那是他對我有養育之恩，身為他的兒子，明知道他的所作所為讓人覺得可恥、貪婪、不配做為人父，但，身為人子的我，您說，我能怎麼辦？」

江平之一行人一聽，雖然生氣，但易如風的說詞一切合情合理，唯有躲在後面目睹這一切的十月，卻無法認同易如風這一番說法，甚至，她聽出了有些矛盾和漏洞，但她沒有說出來。

常克行為江映瑤抱不平，也算上十月進江家門之後遭遇的一切，站在一個公平的立場，常克行覺得易貴旺這麼做就太欺負十月。

一番話說下來，江平之一來指責易如風，全是因為他的堅持，不但讓初雪認為我們江家欺負人，二來也對初雪造成傷害，甚至把初雪所遭遇的危機全算到我們江家人頭上，萬一這事傳出去，一向在商界德高望重的江家，就因為這事，讓不知情的商界嗤之以鼻、名聲盡毀，這筆帳該怎麼算？

易如風頻頻向江平之道歉，並發誓一定會把易貴旺找出來，面對他所有的錯誤跟接受的懲罰，向所有人道歉。

但江平之不樂意，之前易如風在私事上處理的讓他嚥不下口，這回他不再信任易如風，江平之決定收回他投注在江氏地產所有的資金，也就是，江氏地產一旦被江平之抽走銀根，除了易如風的一些所得的分紅之外，形同空殼，這才叫易如風幾乎快瘋了。

易如風以為江映瑤肯定會幫他說服江家二老，沒想到這回江映瑤及常克行全站在江平之這邊，他很後悔，當初為什麼一再的縱容讓一個跟他沒有任何血緣關係的養父來對他做親情的勒索？

回到書房，他是既懊惱又難過，沒有人來探視他，只有十月，十月見他沒吃沒喝沒睡，送上她親自熬煮的補湯，安安靜靜的坐在他身邊，連一句責怪的話都不說，易如風發現，納悶。

「初雪，怎麼不說話了？」

「如風，你說，我應該說什麼好呢？你爹欠我的，你能還我嗎？現在我說什麼都不對，唯一能做的，就是安安靜靜的坐在你身邊陪著你，不是嗎？」

易如風第一次定定的看著十月，十月也安靜的迎視他的眼神，久久地，終於，易如風說話了：「妳走，別再讓我見到妳！」

十月第一次見到易如風對她大發脾氣，這是十月認識易如風以來從來沒有過的，她可以體會，更可以理解易如風失去資金的心情，她沒有嚇到，也沒有不高興，只是安安靜靜的離開，留下易如風一個人抱頭苦惱他人生的下一步該怎麼走下去？

這一夜，十月翻來覆去的想幫幫易如風，她實在睡不著，乾脆就想去敲江映瑤的房門，卻聽到易如風竟然在江映瑤的房裡，兩人的談話讓十月明白一件事，再怎麼樣，江映瑤是他明媒正娶的結髮妻子，而十月跟易如風再怎麼相愛，隨著時間，生活的現實和商場的無情，易如風終究還是會把江映瑤放在他人生第一個位置。

十月落寞的回到初雪樓，望著易如風當初為她打造的這個房子，她是感動也感激的，但現在易如風遭遇他人生當中不管事業、資金和親情的出賣，他沒有那個閒情逸致跟她談所謂的天長地久的愛情，這是十月可以體會，卻又十分受傷的事，她想起了冷以烈。

冷以烈出院之後，心像被掏空一樣，他的養妹，他視如兄弟的小刀都走了，他的親人只剩下鳳姐和十月，鳳姐是他的再生父母，而十月就是他這輩子的最愛，午夜夢迴，他好恨自己為什麼要把十月送到她最愛的人身邊，要是他心狠一點，也許，他現在也就不會這麼痛苦。

至於趙姍姍，冷以烈是基於對趙大山老闆臨死託孤的承諾，他對趙姍姍還是有著道義的責任，沒想到他一個不小心，竟然讓趙姍姍把感情放到他身上，這叫他怎能承受？

鳳姐其實一直把趙姍姍和冷以烈兩人的心思都看在眼裡，她心疼冷以烈，畢竟冷以烈是她從小一手養大，亦弟亦子的關係，她知道冷以烈心裡放不下十月，加上趙姍姍也表態，為了冷以烈的未來，鳳姐還是把冷以烈找來。

「以烈，鳳姐到這把年紀，對感情是再也沒指望了，但你不同，你還年輕，我知道你對十月放不下心，但畢竟她已是人家的妻子，你是不是應該對她死心，再找下一家呢？」

冷以烈不吭聲，鳳姐嘆了口氣。

「以烈，小刀跟玥玥走了，現在鳳姐也只有你這個親人，我不會逼你做決定，只希望你開心，一輩子你愛一個是那麼痛苦，鳳姐希望有一個愛你的人，至少你就不會再為她撕心裂肺，可以嗎？可以嗎？」

冷以烈明白鳳姐是為了趙姍姍來做說客，其實，這輩子他不可能再愛上任何人，因為他把愛情給了十月，這一點他必須讓對方知道，要是對方不接受，他絕不勉強，但趙姍姍卻告訴他。

「你不愛我，我早知道，但是，只要我愛你，你也願意讓我留在你身邊，這一切就夠了。」

冷以烈十分動容，但他還是要再想想，除非他看到十月真的很幸福，他才能放心，他決定再去看看十月。

這一天，十月愈想愈不明白，明明易貴旺已經向她坦承戴威尼斯人面具的人就是他，那在別墅，冷以烈看到的那個人又是誰？為什麼還有這麼多前仆後繼戴著威尼斯人面具的人不只傷害她、也傷害跟她有關的人？

十月突然背脊一陣涼，她第一個想到的是冷以烈，接著是易如風，她已經失去夏至，不可能再讓兇手去傷害易如風，何況現在的易如風正跌入事業的谷底，說什麼她都要跳出來保護他。

當她準備來提醒易如風時，誰知易如風已早一步出門，江映瑤和常克行也擔心易如風一下子無法面對事業資金的危機，三人不期而遇的在書房外碰面，十月告知江映瑤二人並擔心易如風的安危，但常克行卻不是這麼想的，他說了一件讓十月更害怕的事，十月反駁，並說，她會去找出證據出來。

就在易如風絕窮的時候，沒想到易貴旺竟然趁季朝陽失聯期間，跑到天熹紡織公司，向那些高層拿出數據，說他是季朝陽親生的父親，並準備代季朝陽接管公司。

此話一出，在上海灘商場一下子引起一陣嘩然，天熹的高層雖不信，但易貴旺提出有利的舉證卻是有憑有據，一時之間公司的高層，加上法律顧問也無法反駁，唯一能阻止易貴旺的是，只要能找出季朝陽，認了這個親生父親，他們外人也無話可說。

但易貴旺仗著他手上的真憑實據，硬要進入天熹紡織公司代季朝陽坐鎮，所有人攔也攔不住，就怕萬一季朝陽回來知道，會怪罪他們這些人，易貴旺見狀，更是暗喜當初留了一手，甚至理直氣壯的到公司予取予求，讓所有公司的高層不知如何是好。

這件事很快就傳到江家人及易如風的耳中，江平之夫妻和常克行對易如風有這樣一個詐騙又猥瑣的養父十分不屑，也讓江平之夫妻對抽掉易如風銀根一事有更合理的理由和藉口。

這消息在上海灘傳的沸沸揚揚的，冷以烈自然也聽到，包括易如風和江家的事，他十分擔心十月，專程跑來要找十月，卻在門口碰到常克行和江映瑤，一問之下，江映瑤這才想起這兩天沒看到十月，便差人去請十月出來，誰知那丫頭卻說，十月已經兩天沒回初雪樓，也不知去向。

江映瑤三人錯愕，冷以烈擔心著急，追問十月的下落，江映瑤思來想去，提起那天十月和常克行談到擔心易如風，並說要去找出證據一事，常克行猛然一想，該不會十月去了那裡？

冷以烈一聽，氣急敗壞的急奔蘇州找到那家別墅，他拼命的拍門，但大門深鎖，冷以烈不得其門而入，他懊惱又著急的頹坐在那裡，他真的好擔心十月，尤其當初他也是在這個別墅看到戴威尼斯人面具的人，之後，他就被打昏。

現在同一個地點，別墅看起來人去屋空，他害怕，不禁朝內大喊：「十月！妳到底在哪裡？」

易貴旺找到易如風，見他那麼落魄，忙向他炫耀：「還好當初我保留了一手，就算江家失去的，季家這邊也會還你的。」

易如風氣壞了，指責易貴旺：「我的人生原本應該一帆風順、風生水起，卻因為你，我一輩子不管在任何方面永遠在顛頗，憑什麼你欠我的，卻要季家還我？憑什麼？」

易貴旺仗著是季朝陽的親生父親這個身分，他氣勢旺了，整個人說話也大聲了。

「易如風，你最好對我說話客氣一點，也許我還會提拔你東山再起，要是你還妄想等著江家女婿的身分來壓我？哼！那別怪我不留情份給你！」

易貴旺撂下話掉頭就走，讓易如風對易貴旺咬牙恨恨，卻又無奈，易如風走在人生的三叉路上，他真的不知該何去何從。

同一時間，冷以烈去過的別墅，地下室一片淒黑，一個戴著威尼斯人面具的人出現了，她就站在被擊暈的十月面前，拿著一杯冷水潑醒她：「起來！」

十月被這冷水一潑，她猛然驚醒，一看眼前的這個戴著威尼斯人面具的人，她又氣又恨，掙扎要起。

「你？你這個殺人兇手！放開我～～～」

誰知十月一動，卻發現她動不了，原來她被綑綁在椅子上，她激動的問：「妳是誰？我跟妳無冤無仇，為什麼妳要接二連三的傷害我、傷害我的兒子、傷害我身邊的親人？為什麼？」

那個戴威尼斯人面具的人不吭聲，沒想到讓她更震驚的是，易如風由外面走進來，她喜極而泣：「如風！你快來救我，你快把這個殺害咱們兒子夏至的兇手抓起來，快啊！」

第二十五章

易如風竟然冷臉以對，並沒有十月想像的應該同仇敵愾的去抓住那個戴威尼斯人面具的人，更沒有準備報警，甚至還溫柔以對，這不是十月所認識的易如風，她矇了。

「如風，快啊！幫我鬆綁，咱去報警，抓住她，讓她接受道德跟法律的制裁！」

「住口！」如風怒斥十月一聲。

十月錯愕，還來不及反應，易如風卻扶著那個戴威尼斯人面具的人坐到十月面前，並拿下她的髮簪，她一頭長髮像流水瀑布般的舞散開來，十月訝愕，原來這個戴威尼斯人面具竟是一個女的？

易如風邊溫柔體貼的為那女人梳頭，邊說著。

「白荷，妳的痛苦，妳的委屈，妳那午夜撕心裂肺的難受，我一點一點的加諸在傷害妳的那個人身上，而現在，她就在妳面前，原本我想十倍還給她，可她已找上來了，她只承受不到妳五倍的痛苦，我太不甘心了！」

「如風，夠了，放手吧！」白荷仍戴著面具說著。

「不，妳是我這輩子最愛的女人，誰傷害妳，我就要十倍從她身上討回來，這是我對妳的承諾，我不會這麼便宜她的。」

十月目睹這一切，聽到如風這些話，她真的不敢相信，她一直告訴自己肯定是在做夢，但她被綑綁、掙扎，卻是結結實實的，這不是惡夢，而是真實的，真實比惡夢還讓她驚駭受傷，她無法面對和承受眼前這個曾經跟她立下山盟海誓，說著這輩子最愛的人是她十月，怎麼這些話言猶在耳，卻是對著這個傷害她的女人說，怎麼會這樣？

「如風，告訴我，這到底是怎麼回事？你告訴我這是為什麼？為什麼？」

易如風面露猙獰的執起十月的下巴。

「這所有的一切都要怪妳！怪妳的父母！妳竟然還敢來問我為什麼？」

「我不懂，我真的不懂！」

易如風恨恨的鬆開她的下巴，提起當年的往事，原來廿六年前的某天夜裡，十月家開的初安堂先後來了兩名即將臨盆的產婦，但初母擔心，提起只能接一名產婦，但兩名同時臨盆，初母一時之間在大半夜找不到幫手，不得不只好安置兩人，並奔波在兩個房間同時接生，誰知一時忙中出錯，將兩個男嬰的身分交錯，也因此易如風的命運就此改變，這也是種下後來易如風得知身世之後，誓言翻轉命運，並埋下向初氏夫妻復仇的因子。

十月一聽，她十分難受，無法承受原來易如風竟然是為了報復她的母親，竟然叫人放火燒了初安堂，造成十月父母燒死在初安堂，她不敢置信，她痛苦的看著易如風。

「這麼說，九月九日那場蹴踘的比賽，你把火球踢向酒罈，那不是意外，而是故意的？」

「沒錯，我希望能炸死妳，但妳運氣太好，竟然躲過那場爆炸，還留著一條命回來，也因為這樣，我才有機會慫恿妳、希望妳跟我雙宿雙飛。」

十月不敢相信她這輩子摯愛的男人竟然從一開始並不是真心愛她，而是有目的的讓十月把她的情、她的愛、她的一切的一切，包括違背父母跟他私奔？現在易如風卻告訴她，他是引她入甕，為的是為易如風真正愛的女人報仇，十月崩潰了。

「如風，你不愛我，卻這樣對我，你不覺得太殘忍嗎？尤其是夏至，他是咱的孩子，為什麼你連自己的親生骨肉也不放過？」

至少這一點打中了易如風內心深處的良知，他黯然低頭，不敢面對十月。

「我從來沒想過傷害他，但那是一個意外，含青是個傻女孩，我告訴她，這輩子我不可能愛上她，誰知她為了展現愛我的決心，竟然對妳跟夏至做出那麼可怕的事，還因此賠上她一條命，我真的嚇到了。」

十月無法接受這樣的解釋：「易如風，我的父母，加上我們的孩子，就因為我的愛情，竟然賠上三條命，你不愛我，可以跟我說，你可以拿走我的生命，你怎麼可以對付我這輩子最愛的人的性命，你好殘忍！」

「初雪，妳要知道，我錯置的命運是誰造成的？原本我是天熹紡織公司的兒子，原本我是含著金湯匙出生的，就因為妳的母親，我從天堂掉入地獄，我的前半生一直活在讓人羞辱、沒有尊嚴的世界，妳有幫我想過我的痛苦嗎？」

「那我爹他又遭受什麼樣的罪？為什麼你連他也要對付？」十月幾近顫抖又不能承受地。

「我這坎坷的命運，這所有的因果全是拜初安堂所賜，就算放一把火燒了，還不能消我心底之恨，他們本來就該死！」

看著易如風咬牙恨恨、猙獰的面孔，十月幾乎崩潰了。

「既然你這麼恨我們初安堂的人，為什麼不把我殺了，要留我這條命，還跟我說愛我，讓我就算背棄我的父母也要去嫁你？這是為什麼？」

「從小到大，我被易貴旺那個該死的養父給押賣在一個又一個的酒館內，我沒有自己的自由跟錢財，有一個晚上，我做完工被趕出來，我養父不知去向，正好引起一場冰風暴，我凍得差點死掉……」

易如風哽噎說不下去，白荷拍拍他的肩，深情的安慰他，易如風續說。

「還好我遇到了白荷，她帶我去山洞躲起來，偷偷拿吃的、喝的、穿的和藥給我，總算從閻王爺手裡把我救回來，從此我愛上她，她在我人生最絕窮的時候一路陪我走過來……」

十月看著易如風深情款款的對著白荷談起他們的過往，如今對她來說，是一件十分傷心又諷刺的事。

「既然這樣，我沒擋你們的情路，為什麼要把我推到感情的漩渦裡？為什麼？」

易如風摟著白荷，突然，他當著十月的面揭開白荷臉上戴著的那張威尼斯人面具，露出的是一臉燒燙傷毀過容、十分猙獰的臉。

十月沒料到，一下子看到、驚駭尖叫起來！

白荷扭曲的臉，淚流滿面：「如風！」

易如風痛心又心疼的把白荷的臉推到十月面前：「怎麼？這是妳的傑作，妳也會害怕？也會嚇到？妳知道白荷午夜夢迴，一輩子為了這張臉，尋死尋活多少次？妳不會內疚？不會覺得對不起她嗎？」

「她的不幸是我造成的？」

「沒錯！當初白荷生病，由於妳手中開出的一帖中藥，沒想到我買回來在熬煮的過程中，竟然引發了一場爆炸，就因為這一場災難，白荷的臉被毀容，看著她生不如死，我就下定決心，我要讓毀她的人，一輩子嚐到跟她一樣痛苦折磨的日子！」

十月一聽，不寒而慄！「那江映瑤呢？你不覺得愧對她？」

「她只是我事業的一個踏板，我本來想好好的對待她，可她的爹不上道，我說過了，只要擋我路的人，我決不讓他好過！」

得知真相的十月既震驚又傷心，原來她曾經深愛過的男人，竟然是個被仇恨矇蔽了良心、也是個害她家破人亡的畜牲，她真沒想到，這個她心心念念深愛的男人，居然是造成她親離子散的魔鬼，十月悲憤吼著！

「易如風，你太可怕了，為了你那一己之私，卻傷及那麼多條無辜的生命，你怎麼可以這樣，怎麼可以～～～」

易如風粗暴的喝止：「住嘴，妳給我住嘴！」

十月還要罵，誰知易如風一棒將她打昏，並準備送往金龍煙館去。

「如風，這樣……好嗎？」白荷茫然的看著易如風。

「白荷，我愛妳，我說過，只要讓妳受到傷害的人，我會十倍從她身上找回來，不只初雪，連季朝陽也是！」

原來地下室不只綑綁著十月，另一邊被打昏、已陷入奄奄一息的還有季朝陽，他的命就在旦夕之間。

同一時間，冷以烈愈想愈不對，尤其聽到風聲，杜老闆開心的向親信提及當初縱放十月，如今易如風竟然拿十月當籌碼，準備把十月這雙易如風穿過的舊鞋賣給杜老闆。

冷以烈得知這個消息，他十分震怒，帶著所有的人馬著急的趕到杜老闆的金龍煙館去。

這時的易如風和白荷將原本綑綁的十月帶到杜老闆眼前，杜老闆咬牙恨恨的冷笑：「我總算等到妳了。」

十月驚駭的瞪大眼睛，她知道杜老闆對付她，完全是衝著冷以烈來的，而易如風可以得到的是跟杜老闆在上海灘商界合作共事的機會，兩人一拍即合，十月就成為他們交換的肉中蛆。」

「杜老闆，你……？」

杜老闆狂笑：「初雪，妳也許察覺到生活是一場騙局，但妳一定沒想到，最可笑的是，身為主角的妳，就要被宣判妳的命運了！」

十月驚駭，不能面對曾經深愛的人，如今不但騙了她，竟是個被仇恨泯滅良心、害她家破人亡的殺人惡魔，十月自責痛心極了。

「我沒有開錯藥，我可以以生命向你起誓，我不可能砸了初安堂的招牌，更不可能會讓湯藥炸傷白荷小姐，如果我有半句虛假，我願意接受上天任何的處罰。」

「住口！初雪，妳聽著，除非妳能還給我一個當年的白荷，否則，我絕對不可能原諒妳！」

十月被易如風交給杜老闆，易如風轉向杜老闆：「杜老闆，咱的合作……我已經把人交給您，您是不是……？」

易如風話還未說完，杜老闆竟然拿起槍指著易如風的太陽穴，易如風錯愕：「杜老闆，你……？」

杜老闆冷哼：「一個會出賣女人的男人，你以為我會傻到跟你合作？你別做夢。」

易如風沒料到，他憤怒還來不及反應，杜老闆已扣動扳機，誰知白荷驚駭，早一步推開他，用盡所有的生命去保護易如風，子彈穿透白荷的太陽穴，血像紅色的花朵渲染開來。

易如風淒厲尖叫：「白荷？」

十月震驚，活生生的看到白荷死在她面前，更看到易如風崩潰的抱著他這輩子最愛的人死在他懷中，十月還來不及想到自己身處危機之中。

杜老闆接下來就一把將十月攬入懷中，狂笑的撕她的衣服，十月沒有抵抗，反而淒厲的狂笑，這是什麼樣的世道啊！

誰知易如風卻在這時趁勢擊倒杜老闆，舉槍扣動扳機殺了杜老闆，子彈穿過杜老闆，這時冷以烈正帶著員警，押著易貴旺進來，無情的子彈直挺挺的射入冷以烈的腦門，一時之間血花四濺，所有的聲音都變了，時間也彷彿停止在這一刻。

十月驚叫：「冷哥？」

易如風錯愕，被員警銬住，經過易貴旺的坦承，易如風才知當初拿了十月開的湯藥，因為易貴旺的貪杯，才會造成湯藥爆炸毀了白荷的臉。

謎題解開，害慘白荷真正的兇手是易貴旺，易如風卻為了一個情字，利用他那俊逸的外表，迷惑含青、紫嫣及一堆女人為他戴上威尼斯人面具去對付十月，讓十月日日活在恐懼之中，卻沒想到，到頭來真相是如此的醜陋。

易如風和易貴旺被員警帶走去接受法律的制裁，留下為愛而犧牲的白荷及奄奄一息的冷以烈。

一年後，天空飄起了初雪，此時正是常克行和江映瑤舉行婚禮的日子，當時被警方救出的季朝陽前來送上祝福，一切似乎又回到了平靜。

十月告訴鳳姐，其實她早恢復記憶，鳳姐卻急哭了，跑來告訴十月，冷以烈失蹤了。

十月著急，他會跑去哪裡了？她才回來一下子準備吃的送去醫院給冷以烈，他竟然就跑了？

鳳姐懊惱，不該離開病房，十月思前想後，突然她想到冷以烈可能會去一個地方。

河堤邊，十月和冷以烈並肩坐著，冷以烈的手術安排在明天，十月想著醫生的話：「手術很有可能成功，但也有可能會失敗，如果失敗了，他的狀況也許會比現在還糟！」

突然，冷以烈一個貪玩，鞋子掉進了河裡，冷以烈像個孩子似的驚嚷著：「掉了！鞋子……鞋子……」十月想起從前。

十月問冷以烈：「如果我的鞋子掉下去了，你會幫我撿嗎？」

冷以烈笑稱：「我又不是傻子！」

十月氣悶跑開，冷以烈急喊：「我可以揹妳啊！揹一輩子！」

時空回到現實，十月看著冷以烈，緊緊的牽著他的手堅定道：「是啊！鞋子掉了，我可以揹你啊！揹一輩子！……就算你一輩子都這樣，我也陪你一輩子！」

天空又下起初雪，冷以烈和十月開心的追著雪玩。

——全文完——

釀愛情04　PG2187

海上花：初雪

作　　者　李惠娟
責任編輯　喬齊安
圖文排版　林宛榆
封面設計　王嵩賀

出版策劃　釀出版
製作發行　秀威資訊科技股份有限公司
114 台北市內湖區瑞光路76巷65號1樓
電話：+886-2-2796-3638　傳真：+886-2-2796-1377
服務信箱：service@showwe.com.tw
http://www.showwe.com.tw
郵政劃撥　19563868　戶名：秀威資訊科技股份有限公司
展售門市　國家書店【松江門市】
104 台北市中山區松江路209號1樓
電話：+886-2-2518-0207　傳真：+886-2-2518-0778
網路訂購　秀威網路書店：https://store.showwe.tw
國家網路書店：https://www.govbooks.com.tw
法律顧問　毛國樑　律師
總 經 銷　聯合發行股份有限公司
231新北市新店區寶橋路235巷6弄6號4F
電話：+886-2-2917-8022　傳真：+886-2-2915-6275

出版日期　2018年11月　BOD一版
定　　價　310元

國家圖書館出版品預行編目

海上花：初雪 / 李惠娟著. -- 一版. -- 臺北
市：釀出版, 2018.11
面； 公分. -- (釀愛情；4)
BOD版
ISBN 978-986-445-301-6(平裝)

857.7 107019668

讀者回函卡

感謝您購買本書，為提升服務品質，請填妥以下資料，將讀者回函卡直接寄回或傳真本公司，收到您的寶貴意見後，我們會收藏記錄及檢討，謝謝！

如您需要了解本公司最新出版書目、購書優惠或企劃活動，歡迎您上網查詢或下載相關資料：http:// www.showwe.com.tw

您購買的書名：＿＿＿＿＿＿＿＿＿＿＿＿＿＿＿＿＿＿＿＿

出生日期：＿＿＿＿年＿＿＿＿月＿＿＿＿日

學歷：□高中（含）以下　□大專　□研究所（含）以上

職業：□製造業　□金融業　□資訊業　□軍警　□傳播業　□自由業

□服務業　□公務員　□教職　□學生　□家管　□其它＿＿＿

購書地點：□網路書店　□實體書店　□書展　□郵購　□贈閱　□其他

您從何得知本書的消息？

□網路書店　□實體書店　□網路搜尋　□電子報　□書訊　□雜誌

□傳播媒體　□親友推薦　□網站推薦　□部落格　□其他＿＿＿＿＿

您對本書的評價：（請填代號　1.非常滿意　2.滿意　3.尚可　4.再改進）

封面設計＿＿　版面編排＿＿　內容＿＿　文／譯筆＿＿　價格＿＿

讀完書後您覺得：

□很有收穫　□有收穫　□收穫不多　□沒收穫

對我們的建議：＿＿＿＿＿＿＿＿＿＿＿＿＿＿＿＿＿＿＿＿

＿＿＿＿＿＿＿＿＿＿＿＿＿＿＿＿＿＿＿＿＿＿＿＿＿＿

＿＿＿＿＿＿＿＿＿＿＿＿＿＿＿＿＿＿＿＿＿＿＿＿＿＿

＿＿＿＿＿＿＿＿＿＿＿＿＿＿＿＿＿＿＿＿＿＿＿＿＿＿

請貼
郵票

11466
台北市內湖區瑞光路 76 巷 65 號 1 樓
秀威資訊科技股份有限公司 收
BOD 數位出版事業部

(請沿線對折寄回，謝謝！)

姓　　名：＿＿＿＿＿＿＿＿＿＿ 年齡：＿＿＿＿ 性別：□女　□男

郵遞區號：□□□□□

地　　址：＿＿＿＿＿＿＿＿＿＿＿＿＿＿＿＿＿＿＿＿＿＿＿＿

聯絡電話：(日)＿＿＿＿＿＿＿＿＿＿＿＿ (夜)＿＿＿＿＿＿＿＿＿＿＿＿

E-mail：＿＿＿＿＿＿＿＿＿＿＿＿＿＿＿＿＿＿＿＿＿＿＿＿＿